JN167070

俳句の図書室

堀本裕樹

角川文庫
20293

目次

はじめに

仮にも自分のことを「俳人」などと名乗っていると、「どういうきっかけで、俳句を始められたのですか？」とよく人に訊かれます。それも皆さん一様に、ちょっと不思議そうな顔をして。

そういう顔つきをして訊いてくる人はだいたい俳句には縁もゆかりもない人が多く、「俳句みたいな古風で風雅に見えるもの」を生活の中心に据えて、日々暮らしている人間がどうにも不思議な存在に思えるらしいのです。でも、冷静に考えてみると、自分でも人が不思議がるのをなんとなくわかるような気がして、改めて考えてみると、数奇などといってはちょっと大げさかもしれませんが、けっこう曲がりくねった道を歩みつつ、今もって、俳句を作っているんだなと思い返したりします。

私が俳句を始めたのは、大学二年のとき、俳句サークルに入ったのがきっかけでした。しかし、純粋に俳句を作りたいからという理由ではなく、そのサークルの師範・鎌田東二先生に会ってお話ししたかったのが最大の理由でした。宗教哲学者である鎌田先生の名前は、中上健次との対談集『言霊の天地』(主婦の友社)で知っていました。私は高校時代から自分の郷里である紀州の作家・中上健次に私淑していたので、箱根湯本の平賀邸で三日三晩酒を飲みながら行われたという鎌田先生と中上健次との白熱の対談にも当然惹きつけられました。

俳句サークルに入ってからは、念願だった鎌田先生と言葉を交わしましたが、俳句を真面目に作った記憶はあまりありません。合宿と称して、酒ばかり飲んでいたように思います。その頃はまだ、「俳句なんて」という思いが強く、俳句は小説よりも数段下の文芸だと考えていました。当時は小説が自分のなかで一番の文芸だったのです。こんな十七音の短い言葉で一体何ができるんだ、小説の力の方が遥かに大きいじゃないかと。俳句の奥深さなど知らない無知な大学生だった私は、俳句を小馬鹿にしていたのです。私は文芸部にも所属していたので、下手な小説を書き、下手な俳句を作って、無為な学生生活を送っていました。

しかし、そんな俳句を小馬鹿にしていた私の心にも残った言葉がありました。それはあるとき、鎌田先生がおっしゃった「俳句は宇宙を詠めるんだ」という言葉でした。こんな小さな器の文芸でも、でっかい宇宙が詠める。世界で一番短い詩だといわれる俳句だけれども、宇宙が詠めるとはどういうことか。

私はその後、徐々に俳句を真面目に作りはじめ、先人のさまざまな俳句に触れるにつれて、だんだん鎌田先生がおっしゃっていたその言葉の意味を心身に沁みるように理解していきました。なるほど、こういうことだったのか、たしかに宇宙も詠めるし微小なことも詠むことができるんだなと。

そういう意味で本書は、壮大なことから微小なものまで詠んだ俳句を集めています。正岡子規以降の近代から現代までの作品のなかで、私が好きで皆さんに知ってもらいたいと思った俳句を選り抜きました。それぞれの俳句に、少しでも理解の手助けになるように短い解釈も添えました。ただし、私の解釈や説明はあくまで目安にしていただき、この本をお読みくださる方の想像力を一番大事にしてもらえたらと思います。その句を読んで最初に、自分が感じたこと思ったことを捨て去らないでほしいのです。美術館に行って、一幅の絵画を目の前にしたとき、まず解説などを読まずにその絵を見たファースト・インプレッションを大事にするのと似ているかもしれません。俳句においても、それが大事だと思います。ファースト・インプレッションで自分の想像力の翼を最大限にふくらますこと。そのうえで、私が書いた解釈をお読みいただければ、より楽しく豊かに俳句を鑑賞できるのではないでしょうか。

また、「俳句みたいな古風で風雅に見えるもの」と前述しましたが、それこそ俳句に興味のない人がたいていそのようなイメージを持っているようですが、いやそういう面ばかりではないですよということを、本書をお読みいただき感じてもらえれば幸いです。

俳句というと、松尾芭蕉の「古池や蛙飛こむ水のをと」や正岡子規の「柿くへば鐘が鳴るなり法隆寺」などが象徴的に「古風で風雅に見えるもの」であると皆さんの頭のなかにほぼ定着されていると思います。ですが、そればかりが俳句ではありません。私たちがもっと身近に感じられる面白い俳句が実はたくさんあるのです。それから、「ちびまる子ちゃん」に出てくるおじいちゃんの「友蔵心の俳句」ではありませんが、鹿威《ししおど》しが鳴るなか、短冊に筆で一句をしたためるという「古風で風雅に見えるもの」、お年寄りが悠々自適の暮らしにおいて趣味でやる俳句のイメージも、本書で少しでも払拭できたらと思っています。俳句はお年寄りだけが楽しむものではないのです。もちろんそういう俳句があってもいいですが、繰り返しになるけれども、そればかりが俳句ではありません。

今では「俳句甲子園」という高校生が俳句の星を目指すイベントがあるくらい、若者たちにも俳句が浸透しつつあります。面白く豊かなものには、早く触れるに越したことはありません。俳句もその一つだといえるでしょう。私自身、学生時代、あまり真面目にやらなかったとはいえ、俳句に少しでも触れたことは本当によかったと思っています。

私には私なりの俳句を始めたきっかけがありましたが、俳句の紹介、解釈、特徴、技法などに触れた本書をお読みいただくことで、皆さんの俳句を始めるきっかけになっていただければ、著者としてこんなにうれしいことはありません。また、自分で俳句を作らなくとも、俳句を読むことが少しでも好きになっていただければ、これもとてもうれしいことです。

どうか本書のなかで採り上げた一句でも二句でも、皆さんの心に深く響きますように。

堀本裕樹

書庫

書庫には、いわゆる名句・秀句と呼ばれている作品をはじめ、句の裏側にある時代背景や作者の境遇などを知ることで鑑賞がいっそう深まる俳句も取り揃えています。

一読してどうも意味がわからないと感じてしまうと、特に初心者の方はやっぱり俳句は難しいと頭を抱えてしまうことでしょう。逆に考えれば、一句を読み解けたときの喜びや感慨はとても深いものになると思うのです。たとえば、書庫に収められた冒頭の句をまずじっくり読んでみてください。

俳句に馴染のない方は、「?」と立ち止まることでしょう。「?」と立ち止まられた方は、この句に真剣に向き合った証拠でもあります。「?」からはじまることはいいことです。けれども「?」のままで終わらせることなく、もう少しだけこの書庫で調べてみてはいかがでしょうか。俳句を読み解くためのヒントがきっとあるはずです。

渡り鳥みるみるわれの小《ち》さくなり

上田五《ご》千石《せんごく》

俳句でいう「渡り鳥」とは、秋に北方から渡ってくる鳥のことを指しますが、この句を読んで、一瞬「あれ？」と思いませんでしたか。

私は最初に読んだとき、「あれ？」と思って、もう一度ゆっくり読み返しました。「あれ？」の原因は、「みるみるわれの小さくなり」の部分です。どうして、われ＝自分が小さくなるのだろう？　と読者は立ち止まってしまいますよね。普通であれば、飛んでゆく渡り鳥を仰いでいるのだから、みるみる小さくなってゆくのは渡り鳥のほうでしょう。それが実際の景色であり、ありのままの見方といえます。

しかし、そこを反転させたのが、この作者の詩的操作であり狙いなのです。どういうことかというと、「渡り鳥」と最初に呟いた瞬間に、作者の心が、「渡り鳥」に乗り移っているわけです。要するに、「渡り鳥」の視点から、「われ」を見ているんですね。そこがこの句の面白いところです。視点を入れ替えることで、よりいっそう「渡り鳥」と「われ」との遠近がはっきり見えてきます。読者も「渡り鳥」の視点を得て、まるで空を飛んでいる気分を味わえます。

をりとりてはらりとおもきすすきかな

飯田蛇笏《だこつ》

まずこの句を読んで、どこに目が留まりましたか？

おそらくすぐに気づかれたと思いますが、全部ひらがなで書かれているんですね。では、なぜ、作者はすべてひらがなで表記したのでしょうか。

それはこの句の内容に関係があるのです。一句の意味は、「一本の芒《すすき》を手で折り取った。すると、軽そうに思えた芒が、意外にも重みをもって手に伝わってきた」といったところでしょうか。しかし、散文で説明する以上に、この句に「一本の芒」のありさまを感じませんか。そう、作者はす

べてひらがなで表記することで、一句そのものを一本の芒に見立てている
のです。芒の柔らかさ、しなやかさをひらがなの字づらによって表現して
いるのですね。
仮に「折り取りてはらりと重き芒かな」と漢字を混ぜて表記してみると
どうでしょう。だいぶ雰囲気が変わりますよね。漢字が入ることで、一句
が少しごつごつした印象になります。やはりこの句は、ひらがなで書き表
すことで芒の本質が見事にみえてくるのです。「はらり」という言葉と相
反する「おもき」という言葉との組み合わせも、芒の穂の豊かさを伝える
効果を上げています。

鶏《けい》頭《とう》の十四五本もありぬべし

正岡子規

花の名前をあまり知らない人は「鶏頭って、ニワトリの頭のことですか?」という質問が飛びだしそうですが、熱帯アジア原産のヒユ科の一年草のことです。形が雄のニワトリのトサカに似ているので「鶏頭」と呼ばれ、花の色は赤や紅が一般的です。

さて、「ありぬべし」の言葉の意味ですが、「あるにちがいない」という強い意志の表れと考えてください。ですから、「鶏頭の花が十四、五本咲いているにちがいない」という意味になります。

作者が病床から眺めた庭の鶏頭だそうですが、この句は俳句の世界でも、評価が分かれた句でした。まず、一番弟子である高浜虚子は認めなかったのです。最初に評価をしたのは、歌人の長塚節や斎藤茂吉でした。私は認める立場でこの句を採り上げました。この句こそ、読み手の共感力を促すものです。また、少し難しい別の言葉に置き換えれば、「共同幻想」といってもいいかもしれません。

「十四五本も」と、断定に近い表現をされると、まるでデジャビュのように、鶏頭の群れ咲いた姿が立ち上がってきます。評論家の山本健吉は、「この句の鶏頭は、現実の鶏頭以上に力強い存在性を獲得している。」と評していますが、まさに俳句の十七音の調べにのってこその言葉の力といえるでしょう。

づかづかと来て踊子《おどりこ》にささやける

高野素十《すじゅう》

何か思い詰めたような表情なのか、真っ直ぐに相手を見つめる真剣な顔つきなのか、とにかく青年が踊子にづかづかと近づいていって、はっとした女の子にささやきかけたのです。五・七・五のリズムで読むというより、一気に読み下すような一句ですね。一句自体から、づかづかと読み手の胸に迫ってくる足音が聞こえてきそうです。

季語は「踊子」で、秋になります。盆踊りの踊子ですね。昭和十一年作なのですが、もしこれが本当の出来事であるとするならば、今時の草食系といわれている男子にはない行動力といえるのではないでしょうか。ぐじぐじと自分の心のなかだけで考えているのではなくて、ここぞと思ったときには行動あるのみですね。特に人との出会いは待っているだけでは生まれませんから、時にはこの青年のように、自分から積極的に行動したいものです。

しかし、俳句は短いですから、ささやいたあとは省略されています。青年と踊子はこの後、どうなったのでしょう。たとえ恋破れたとしても、青年は行動したことで、きっと悔いは残らないでしょう。

それにしても、青年の鼓動と踊子の鼓動が聞こえてきそうなドラマの一場面を思わせる一句です。

秋風や模様のちがふ皿二つ

原　石鼎《せきてい》

俳句には時々、前書というものが付くのですが、この句には「父母のあたゝかきふところにさへ入ることをせぬ放浪の子は伯州《はくしゅう》米子に去って仮の宿りをなす」と前書があります。伯州とは旧国名で、今の鳥取県西部のこと。作者は職を転々としながらも、高浜虚子の俳句結社「ホトトギス」に所属して、俳句だけは作り続けます。この句は、奈良の吉野で医師である兄の手伝いなどをしたあと、山陰地方を放浪した、大正三年の作品とされています。

医師の家系に生まれ育った作者ですが、両親の望みには応えず、ふらふらと漂う暮らしをするばかり。そんな独り暮らしのむなしい食卓に、「模様のちがふ皿二つ」が並んでいるのです。仮の家の外では、秋風が吹いています。ひょっとして、家の戸の隙間にも、秋風が少し吹き込んでいるのかもしれません。

模様や大きさの違った不揃いな皿というのは、誰に気兼ねすることもない独身の者にとって、象徴的な「物」でもあります。大正時代の皿はどんな模様が一般的だったのかわかりませんが、今でいうと、百円ショップで売っているような、何の変哲もない模様の皿だったとも考えられます。

また、「模様のちがふ皿二つ」とは、心の行き違う作者と両親とも読み取れるのが、この句の暗示的なところです。

新宿ははるかなる墓碑《ぼひ》鳥渡る

福永耕二

この句を読むと、私は新宿に向かう小田急線の電車の窓から見える高層ビル群を思い出します。実際、作者も中央線に乗る機会が多く、車窓から高層ビルを眺めたといわれています。この句が詠まれたのは、昭和五十三年ですから、オイルショック以後、高度成長期を過ぎたころの日本です。日本の繁栄の象徴のようですが、遠くから見たビルは作者の眼には「墓碑」に映りました。そこに、繁栄とは裏返しの「滅亡」を見いだした作者の諷刺の態度が見て窺えます。渡り鳥は、まるで魂の化身のように、そのビル群をよぎってゆくのです。反自然の巨大な建造物と、自然の「鳥渡る」の対比にアイロニーを感じると同時に、どこか寂寥感《せきりょうかん》が漂っていますね。「鳥渡る」は秋の季語ですから、空気も澄み渡りビルもくっきり眼に見える時季です。

また、この句を作った二年後に作者は、四十二歳の若さで亡くなるのですが、それを黙示しているような趣《おもむき》もないとは言い切れません。

当時はもちろん、現代の都庁はじめ、近代的な高層ビルが建ち並ぶ前の新宿です。作者の見方を借りれば、今の新宿は「墓碑」が乱立している眺めといえるでしょう。私は、車窓から新宿のビル群を眺めるとき、何か言いしれぬ深閑とした淋しさに包まれます。

うしろすがたのしぐれてゆくか

種田山頭火《さんとうか》

　俳人以外の人と俳句の話をすると、必ずといっていいほど、「山頭火が好き」という言葉が返ってきます。母を投身自殺で亡くし、家業の破産によって、放浪せざるを得ない境遇だった山頭火は、それほどに親しまれています。

　有季定型は、季語を入れて、五・七・五の十七音の定型で作る形式をいいますが、自由律《じゆうりつ》とはまさに自由な調べで季語の有無を厳しく問わない形式の俳句を指します。この句も十四音の自由律、ただし季語「しぐれ」が入っています。

作者が旅の途上で詠んだこの句には、「昭和六年、熊本に落ちつくべく努めたけれど、どうしても落ちつけなかった。またもや旅から旅へ旅し続けるばかりである」と前書があります。

さて、この句を読んだとき、少し不思議な感じがしませんでしたか？この「うしろすがた」って誰だろうと一瞬思ってしまいますね。もちろん、作者のことなのですが、本当は作者には「うしろすがた」は見えないはずです。しかし、作者はあたかも自分の「うしろすがた」を見ているように詠んでいるのです。「しぐれ」は初冬の季語で、さっと降って上がる雨のことですから、自分の背中が雨に濡れながら旅をしているのを、もう一人の自分が見つめているような感覚ですね。非常に客観的です。また、すべてひらがな書きなのも、「しぐれ」の柔らかさと作者の淋しさを際立たせる効果を出しています。

木がらしや目刺《めざし》にのこる海のいろ

芥川龍之介

芥川龍之介は小説家でしたが、俳人の高浜虚子に師事して俳句も作りました。なかでも、芥川らしい感覚の冴えたこの一句は、読者に鮮明な印象を与えます。

冬の季語である「木がらし」の吹くなか、芥川は「目刺」をじっと見つめたのでしょう。その何匹かつらなった干《ほ》し鰯《いわし》の膚《はだ》に、芥川は「海のいろ」を見て取ったのです。生きて泳いでいたときには、銀色に鱗を輝かせていた鰯ですが、人間に捕まって天日に干されたあとは、その輝きも失われます。しかし、干からびて命のなくなった魚体に、生のおもかげのように「海のいろ」を発見したのが、芥川の眼差しの鋭さなのです。この鋭い感覚は、芥川の数々の短編小説にも見られるものですね。

ちなみに、「目刺」は春の季語なのですが、この句の場合、優先される季語は「木がらし」となるので冬の句となります。

芥川龍之介は、一九二七年（昭和二年）に服毒自殺を遂げ、三十六歳で亡くなりました。亡くなった七月二十四日は、河童忌《かっぱき》（我鬼忌《がきき》、龍之介忌）として夏の季語となり、今でもその死を悼む俳句が詠まれています。

約束の寒《かん》の土筆《つくし》を煮て下さい

川端茅舎《ぼうしや》

これってただ料理を注文しているだけですよね？　と思った人もいるかもしれませんが、いやいや、この句はなかなか差し迫った内容なのです。「二《に》水《すい》夫《ふ》人《じん》土筆《つくし》摘《つみ》図《ず》」と題された八句のなかの一句、昭和十六年の作品なのですが、作者はこの年の七月に四十四歳で亡くなります。ですから、この句を作ったときも、すでに深い病に冒されていたのです。

二水夫人は弟子で、作者は「寒の土筆」を煮た料理を作ってもらう約束を実際していたのでしょうね。しかし、「寒の土筆」とは、一体どんな土筆のことをいうのでしょうか。「寒」は冬の季語で、寒の入り（一月五日ごろ）から寒の明け（二月四日ごろ）の前の日までの、約三十日間をいいます。「土筆」は春の季語ですから、「寒の土筆」とは、まだ寒さの厳しい時期に生え出た土筆のことです。そんな土筆を見つけるのは、容易ではありません。見つかれば、奇跡に近いことです。

作者は、どんな思いで奇跡の「寒の土筆」を見つけて煮てほしいと思ったのでしょうか。その土筆を食べることで、病からの奇跡の回復を祈願していたのかもしれませんし、寿命を悟った思いで二水夫人に「寒の土筆」を懇願したのかもしれません。話し言葉で訴えかけてくる切実な一句です。

夢に舞ふ能美しや冬籠《ふゆごもり》

松本たかし

作者は宝生流《ほうしょうりゅう》の能役者の家系に生まれましたが、病弱のために能は断念せざるを得ませんでした。能の代わりに俳句に打ち込む人生を選んだのです。

この句は、断念した能を夢のなかで舞っているのです。今まで数多くの能を鑑賞してきたでしょうし、八歳で初舞台を踏んでいる作者ですから、舞台への憧れや未練といった気持ちがさまざまに混じり合っていただろうと想像できます。そんな気持ちが、夢のなかで能を舞わせたのでしょう。

自分の舞う姿を夢に見て「美しや」と詠嘆するのは、幽玄《ゆうげん》でありながら、なんともいえず物寂しい感じがします。そして、閉じられた現実の暮らしにしらじらと引き戻すのが、季語「冬籠」です。冬の寒さと病気のために、外には出ずに部屋のなかに閉じこもっているのです。やるせなさが読み手にも伝わってきますね。

作者はこの句の他にも、「秋扇《しゅうせん》や生まれながらに能役者」「チチポポと鼓《つづみ》打たうよ花月夜」「花散るや鼓あつかふ膝の上」など、能にまつわる俳句を詠んでいます。一句目は特に、「捨扇《すておうぎ》」ともいわれる、あまり用をなさなくなった秋の扇を季語に置いて、「生まれながらに能役者」と詠う作者の複雑な心理が見えてきますね。能役者の家系に生まれた血との葛藤が、作者にとって俳句を作る力の源になったといえるでしょう。

核の冬天知る地知る海ぞ知る

高屋窓秋《そうしゅう》

二〇一一年六月九日（現地時間）、スペインのカタルーニャ国際賞授賞式で小説家の村上春樹氏は、東日本大震災と原発事故について触れましたが、そこで「我々日本人は核に対する『ノー』を叫び続けるべきだった」とスピーチしました。原子力発電を「核」という言葉で包含したところが、村上氏独特の批判的見地だと思うのですが、この句の「核の冬」も象徴性の高い言葉として受け取れるでしょう。

平成元年の作なので、福島の原発事故を詠んだものではありません。にもかかわらず、この句に原発事故を重ねて読んでしまうのは、一句の持つ普遍性の力といえます。まず、「冬」の語が入っているからといって、この句を冬の俳句と解釈する必要はありません。それよりも、核戦争後の寒々とした、大地に何もないような不毛を感じ取れる隠喩的な「核の冬」に連想されます。そして、「天知る地知る海ぞ知る」は、「天知る地知る我知る人知る」の中国のことわざをもじった言葉でもあります。悪いことや正しくないことは、やがて露見してしまうという意味ですが、そうするといっそうこの句は、核爆弾だけではなく、原発事故を指しているようにも思えてきますね。

放射能に汚染された天や地や海は、原発事故が起こった原因の一つとされる杜撰《ずさん》な設備を果たして知っていたのでしょうか。それは、知るよしもないことでしょう。

春の山のうしろから煙が出だした

尾崎放哉《ほうさい》

この句を読んで、「春の山の近くで焚き火でもしているのかな？」と思われるかもしれませんが、作者の境涯《きょうがい》を知り、かつ辞世の句であることを知れば、深い意味があるのに気づかされます。

作者は、東京帝国大学法学部を卒業後、保険会社に就職し、まさにエリート街道を歩んでいました。しかし、人間嫌いと精神的な弱さもあって酒に溺れるようになり、会社を退職。妻とも別れ、寺男《てらおとこ》や堂守《どうも》りとしていくつかの寺で働き、放浪の末に、小豆島《しょうどしま》の南郷庵《なんごうあん》で息を引き取ります。四十一歳でした。その亡くなる枕元に、この句を書き留めた紙が置かれていたそうです。

この句で謎なのは、何の煙かということですが、作者自らの死体を焼く煙だという説があります。要するに、作者は幻の煙を見ているというのです。木々が芽吹く山、花が咲く山、そんな春の明るい山の後ろから、自分の肉体を焼いている煙が出はじめている幻想を見るのは、どんな気持ちなのでしょうか。私はこの句に、すべてをあきらめた安らぎ、解放感のようなものさえ感じます。

その他の句に、「咳をしても一人」「一日物言はず蝶の影さす」「いれものが無い両手で受ける」「墓のうらに廻る」「肉がやせて来る太い骨である」など。

春ひとり槍《やり》投げて槍に歩み寄る

能村登四郎

学生時代、陸上部に所属していた私にとっては、何度もこの句のような光景を眼にしました。また、陸上部でなくとも、放課後のグラウンドで見た覚えのある練習風景だと思います。

この句を読んで見えてくるのは、黙々と独り、槍を投げては突き刺さった槍のところまで行ってつかみ取り、またもとの位置に戻って助走をつけて槍を投げるという反復のひたむきな行為です。「春ひとり」の「春」には青春の駘蕩《たいとう》とした光が感じられますが、「ひとり」には文字通り孤独の深い影があります。

陸上競技は駅伝やリレーなど、連帯して行う種目もありますが、それとても走るときは独りです。自分と徹底的に向き合う競技が多く、槍投げもその例にもれません。何度も繰り返されるその行為に作者は何を見たのでしょうか。

しかし、実は作者の自解を読むと、「この眼で見たものと、心の奥底にあるイメージとが組み合わさって出来た一種の心象風景」だそうです。教師であった作者はたしかに何度も見ていた風景でしょう。その風景がふとしたときに、心のなかで蘇って一句となったのです。この前まで、作者は俳句作りのスランプに陥っていたそうで、それでも俳句をめげずに作り続けました。粘り強く俳句と向き合ったおかげで、粘りのある秀句をものにできたのです。

雲雀《ひばり》落ち天に金粉残りけり

平井照敏《しょうびん》

　雲雀といえば、私はすぐに故郷である和歌山の紀ノ川の河川敷で鳴いている明るいその声を思い出します。雲雀の姿ははっきり見たことはありませんが、鳴き声だけは鮮明に蘇ってきます。

「揚雲雀《あげひばり》」「落雲雀《おちひばり》」という言葉を皆さんはご存じでしょうか。もしかしたら、季語特有の呼び方かもしれません。「揚雲雀」は空に上がって鳴いている雲雀、「落雲雀」は空から下りてくる雲雀のことです。ですから、この句の「雲雀落ち」は、鉄砲で撃たれて落ちる雲雀ではなくて、「落雲雀」の意味なんですね。

春ののどやかな空の上で囀《さえず》っていた雲雀が急に下りてきたのですが、天にはまだ囀りの残響のようなものがあると作者は感じたのでしょう。それを「天に金粉残りけり」と表現したのです。囀りの残響を「金粉」と捉えたところが詩的ですね。たしかに雲雀の細かな囀りは、金粉のようにきらきらとしています。囀りという音を、金粉という視覚的な物に転換させたのです。

「金粉をこぼして火蛾《ひが》やすさまじき　松本たかし」の句の「金粉」も、火に集まってきた蛾の翅から落ちる鱗粉を「金粉」という美しくも妖しい言葉に置き換えた例といえるでしょう。ちなみに、火蛾（＝蛾）は夏の季語です。

春の鳶《とび》寄りわかれては高みつつ

飯田龍太

春の鳶が二羽、天に向かって寄り添っては離れて、高く高く上がってゆきます。その光景に春のうららかな季節感があふれていますね。この句は、何の説明もしなくても、「春の鳶」の写生句として十分に味わえます。しかしそのうえで、作者の自解を合わせて読むといっそう味わい深くなる一句なのです。

この句は昭和二十一年に作られました。作者は四男なのですが、次兄は昭和十六年に病死し、長兄・三兄も戦死してしまいました。

作者の故郷は、山梨県境川村《さかいがわむら》というところなのですが、兄弟が次々に亡くなってしまったので、郷里を離れていた作者は否応なく帰るしかありませんでした。

ある日、帰郷した作者は田舎道で、旧友に声を掛けられます。旧友は他郷でいろいろな仕事に就いたのですが、結局体をこわしてしまい、地元の小学校の先生に落ち着いていました。「お嬢さん」とあだ名され美少年だった旧友は、頭も禿げ上がっていました。帰郷を余儀なくされたその二人の頭上を、二羽の鳶が円を描きながら、空で鳴いていたというのです。

終戦後という時代の中、兄の死や旧友への思いといった、作者のさまざまな心情がこの句には込められていたのです。しかし、作者は一句の中で、一切心情は述べず、何の訴えもしていません。そこがまたこの句の抑制された魅力でもあるのです。

黒人と躍《おど》る手さきや散るさら

鈴木しづ子

この句だけを読むと、今どきの若い人たちが躍りに行ったり飲みに行ったりする「クラブ」の風景かなと思われるかもしれませんね。

しかし、大正生まれの作者が詠んだ作品で、昭和二十六年に刊行された句集『指輪』に収められた一句なのです。ということは、時代背景として、第二次世界大戦の影が色濃く表れているといえます。

作者は戦後、女工を経たあと、米軍キャンプでアメリカ兵を相手に働くようになります。そこで黒人の米兵と手を取り合って、ダンスをしている光景を作者は一句として切り取りました。この頃、黒人の恋人がいたそうですから、ひょっとして、相手はその恋人かもしれません。

私は黒人のジャズメンと握手をしたことがありますが、掌は桃色でした。作者も、そんな黒人の美しい桃色の掌を自身の「躍る手さき」に見て取ったのでしょう。「や」の切字のあと、「散るさくら」という季語を置いていますが、実際落花のなかで躍っているのかもしれませんし、あるいは黒人と作者のひらひら舞う「躍る手さき」に、「散るさくら」のイメージを重ね合わせているのかもしれません。優美でありながらどこか悲しみが滲《にじ》んでいる光景ですね。

その他の句に、「ダンサーになろか凍夜《とうや》の駅間歩く」「夏みかん酸つぱしいまさら純潔など」「娼婦またよきか熟れたる柿食うぶ」「コスモスなどやさしく吹けば死ねないよ」など。

ずぶぬれて犬ころ

住宅顕信《けんしん》

たった九音の自由律俳句。雨に濡れそぼった子犬をぽんと放り投げるように言葉にしただけです。季語もありません。しかし、孤独感が強くにじみ出ています。

作者は、岡山県に生まれました。地元の中学を卒業、調理師専門学校を経て、飲食店に勤めたあと、市役所に勤務します。勤めながら、いつしか仏教書に親しむようになり、やがて出家、得度《とくど》の道を歩みます。その後、結婚するも、急性骨髄性白血病を発病。その四ヶ月後には長男も生まれますが、まもなく離婚してしまいます。作者は子どもを引き取り、母親の手を借りつつ、病室で育児も行いました。このように作者の人生を数行で書いただけでも、めまぐるしく凄まじいものであったことが想像できますね。

雨でずぶ濡れになった子犬の姿に、作者はやり切れない自分自身を見ているといえるでしょう。前述において紹介した山頭火や放哉《ほうさい》に傾倒した作者は、その二人のように自由律俳句に全人生を託したのです。

生涯に二百八十一句を残した作者は、満二十五歳十ヶ月で亡くなりました。その他の句に、「春風の重い扉だ」「かあちゃんが言えて母のない子よ」「若さとはこんな淋しい春なのか」など。

葉ざくらの中の無数の空さわぐ

篠原　梵《ぼん》

五月になって、いよいよ桜の木の葉が輝き出すころ、いつもこの句を思い出します。花を咲かせたときのはかなさは微塵《みじん》もなくなり、若葉《わかば》青葉《あおば》の生命力がみなぎってゆく桜の木もまた美しいものです。

この句は、そよ風のなか、折り重なった桜の葉が揺れるその隙間に、「無数の空」を発見したのです。普通の感覚だと、せいぜいたくさんの葉っぱが光って綺麗だなくらいのものですね。しかし、作者は葉っぱを見ながらも、その隙間をじっと見つめて、そこに小さな「無数の空」が「さわぐ」ところを見逃さなかったのです。空は本来一つですが、葉と葉の隙間から見えた小さな空の青を、「無数の空」という言葉にした感覚はとても鋭いものです。そして「さわぐ」という、まるで葉ざくらを生き物のように表現したところに、きらきらとした躍動感が漲りました。その躍動感は、三つ重なった助詞「の」のリズムにも表れていますね。

この句はまた、一つの「もの」を見るときに、どの角度から、どう捉えるかで、全くその「もの」が違って見えてくるということを感動をもって、私に教えてくれました。普段何気なく見ている葉ざくらの新しい見方をこの句は示してくれています。

短夜《みじかよ》や乳《ち》ぜり泣く子を須可捨焉乎《すてっちまおか》

竹下しづの女

大正九年の作。当時はまだ児童虐待やネグレクト（育児放棄）といった言葉はなかったか、もしくは、クローズアップされていなかったと思われます。

しかし当時、この句が発表されたとき、「母性欠落」といった、かなりのセンセーションを巻き起こしたそうです。

「短夜」は夏の季語で、明けやすい夜のこと。夏の蒸し暑い夜に、母乳を欲しがって泣いてぐずる赤ん坊を厭わしく思い、いっそのこと捨ててしまおうかと、子育ての苛立ちを激しい口語体で言い放った一句です。口語体ですが、漢語を用いて表現しているところがまた迫力がありますね。

現代でいうと、前述した児童虐待とも採れる内容ですが、この句が踏みとどまっているのは、「乎《か》」と、自らに対する反疑問のかたちで問いかけることで、本心は子を捨てられるはずもない母性をのぞかせています。

五人の子の母親であった作者ですから、こんな思いに少しは駆られても無理はないでしょう。毎日の家事と子育ての睡眠不足のなか、たいへんな思いをしながらも、俳句を作り続けたのです。

近代の女性俳句の道を切り開いた一人でもある作者は、学生俳句連盟を昭和十二年に結成し、機関誌『成層圏《せいそうけん》』まで発行して指導の先頭に立った情熱家でもあります。

摩《ま》天《てん》楼《ろう》より新緑がパセリほど

鷹羽《たかは》狩行《しゅぎょう》

摩天楼という言葉を聞くと、八十年代にヒットした、マイケル・J・フォックス主演の映画『摩天楼はバラ色に』を思い出すのは私だけでしょうか。

映画の舞台はニューヨークなのですが、この句もニューヨークに建つエンパイア・ステート・ビルディングからの眺めなんですね。八十六階に位置する展望台からは窓越しではなくて、直接ニューヨークの街並みを一望できるそうです。そんな摩天楼から新緑を見下ろしたのですが、それを作者は、「パセリほど」と表現したのです。なんと新鮮なたとえでしょうか。またこれほど、遠近法が爽やかに活かされた一句は珍しいといえます。

摩天楼と新緑との距離感が、「パセリほど」の比喩で、とてつもなく高い場所から見下ろしていることが、読み手にはっきりと伝わってきますね。皿の隅っこに飾られているパセリは、少しもこもことしていて、確かに木に茂った葉っぱに似ています。作者の頭の中に、そのイメージがあったから、俳句を作るとき、新緑とパセリとが詩的に結びついたのでしょう。

この句には、「オシャレなエスプリ」という言葉が似合いそうです。

蟇《ひきがえる》誰かものいへ声かぎり

加藤楸邨《しゅうそん》

私がこの句に最初に出合ったとき、どう読み解けばいいのか、悩みました。

「蟇」は夏の季語で、雨蛙《あまがえる》なんかに比べると大きくて、ちょっと不気味な感じのする蛙だよな。「蟇」の五音のところでいったん言葉は切れて、「誰かものを言いなさい、声を限りにして」って、一体誰に何を訴えているのだろうか。いまいち、よくわからない。そんなふうに解釈に悩んだわけです。

しかし、この句を読み解く鍵は、「時代」にあったのです。作られたのは、昭和十四年。昭和十三年には日中戦争も悪化する一方で、ついに「国家総動員法」が公布されます。「国家総動員法」とは、全面的な戦争へ向けて国家が、国民の生活をあらゆる分野で統制するという法令でした。そのなかに言論の統制も含まれていたのです。要するに、自由に発言できない時代だったのですね。日本国民は、ものが言えない「蟇」のようになってしまったのです。

作者は、そんな日本人を鈍重な「蟇」に見いだし、「誰かものいへ声かぎり」と、心の叫びを表したのです。教師であった作者は、戦争で大事な教え子を亡くしました。言葉にできない無念の思いもこの句には含まれているのでしょう。

滝の上に水現れて落ちにけり

後藤夜半《やはん》

この句は滝そのものを一句にしたのですが、そもそも滝とは一体何でしょうか？「え？ そこからですか？」とツッコまないでくださいね。そこから考えたほうが、この句はよくわかるのです。『広辞苑』には、「高いがけから流れ落ちる水」とあります。なるほど、よくわかりますね。この句を読み解くときに重要なのは、「高いがけ」と「流れ落ちる水」を分けて考えることなのです。

「滝の上に」とは、「高いがけ」のてっぺんの部分を指します。「流れ落ちる水」は、その「高いがけ」のてっぺんから滝壺まで落ちてゆくのです。それを私たちは「滝」と呼んでいるのです。しかし、こうやって文章でくどくど説明するより、この一句のほうがよっぽど滝の姿が見えてきますよね。これが実にこの句の不思議なところなのです。滝の頭から水がぐっとせり上がってきてそのまま、ざああっと流れ落ちてゆく様子がはっきり見えてきますよね。なぜか、スローモーションのように。作者は、大阪の箕《みの》面《お》自然公園の滝を詠んだのですが、どこの滝でも、この句のように見えてしまう滝の本質をついた一句です。

ちなみに俳句で「滝」といえば、涼しげなそのありさまから、夏の季語に分類されます。

谺《こだま》して山ほととぎすほしいまゝ

杉田久女《ひさじょ》

「ほととぎす」は夏の季語ですが、特徴的なその声は、「てっぺんかけたか」や「特許許可局」、「本尊かけたか」など、面白い音のとらえ方をされてきました。それを「聞きなし」と言いますが、鳥の囀りなどを、それに似た言葉やフレーズに置き換えることで親しまれてきたのです。また、ほととぎすは口のなかが真っ赤で甲高く鳴くことから「鳴いて血を吐く」とも言われてきました。

そんな鳴き声に特徴のある鳥ですが、この句の作者は、山のなかで鳴くほととぎすを力強く詠みました。「谺して山ほととぎす」までは意外にすんなりと思い浮かんだそうですが、なかなか最後の五音が決まらない。作者はその五音をひねり出すために、標高千二百メートルの英彦山《ひこさん》に何度も登ったそうです。徹底的にほととぎすの声を追い、耳を傾けたのでしょう。そして、神社にお参りした帰りに白蛇《しろへび》を見たことから、霊感のようなものを得て「ほしいまゝ」の五音が思い浮かんだともいわれており、とにかく執念の一句といえます。

作者の杉田久女は、松本清張の小説『菊枕《きくまくら》』の主人公・ぬいのモデルであることもよく知られています。師であった高浜虚子に除名された事件もあり、ドラマチックで情熱的なその生涯は、舞台化も多くされてきました。

蟬《せみ》時《し》雨《ぐれ》子は担《たん》送《そう》車《しゃ》に追ひつけず

石橋秀野

この句の「担送車」とは、どんな車かと思いますよね？　これは、患者を乗せて運ぶ車輪のついた担架のことです。あまり普段使わない言葉ですが、これがわかると、この句の景色がだいぶ見えてきますね。「蟬の声が時雨のように降っている。私の子どもは、担送車に乗せられて病室へ運ばれてゆく私に追いすがるが、追いつけない」といった句の意味です。

昭和二十二年作のこの句には、「七月二十一日入院」という前書があります。

作者は結局、この約二ヶ月後に三十八歳の若さで亡くなるのですが、母親の名前を呼びながら追いすがった幼少の娘の姿を最後の一句として残しました。

この句が収められている句集『桜濃く』の扉には、夫の山本健吉が、「蟬時雨の句は、宇多野療養所に入院の時、胸に浮かんだものを句帖の無雑作に開いた頁に書き付けたもので、青鉛筆でのなぐり書きである。」と記しています。

母としてどんな思いでこの句を書き殴ったのでしょうか。そして、そのときの蟬時雨は、母と子の耳にどんなふうに届いたのでしょうか。本当なら追いすがる娘を抱きしめてあげたい、作者はそんな悲痛な思いに溢れていたことでしょう。

泉への道後《おく》れゆく安けさよ

石田波郷《はきょう》

昭和二十七年、結核の治療をしていた作者が、退院してはじめて軽井沢へ旅行に出かけたときの一句。この句は作者自身、詳しく自解しています。「(中略)私は肺活量が手術後一四〇〇しかなかつた。今はもつと増えてゐるだらうが、それでも目で見てはわからぬ程の坂道でもすぐ息切れがして、あゝ坂になつているなと気づく程で、少し早足の人とは一緒に歩けない。堀口君はよく気のつく人だからそのことをすぐ気づいてゆつくり歩いてくれるが、しばらくすると私は又後れがちになる。(中略)」(『波郷句自

解　無用のことながら』）

この解説で何となくこの句の意味がわかりますね。友人の堀口君と作者は、ゆっくりと泉への道を歩いているのです。

句の意味は、「泉への道を友人に後れながら歩くことは、心が安らかだよ」。

「（中略）自分のペースでゆつくりゆくといふことが大切なことは、仕事の上でも療養の上でも同じである。この句はそんなつもりで作ったのでないことは勿論だが、そのことも読みとれなくはない。（中略）」（同書）と作者は自解を続けています。

なるほど、仕事もやはりマイペースが大事ですね。仕事や雑事に追われて急ぎがちのときは、この句をそっと心のなかで呟いてみるのもいいかもしれません。

第一閲覧室

季語

第一閲覧室では、季語の持つ意味合いや深みを知ることができます。四季の彩り豊かな日本では、季節にまつわる言葉がたくさん溢れています。俳句は季節を大切にする文芸です。季語を知ることが、俳句のいっそうの理解につながるのです。

たとえば、公園にある「ぶらんこ」も季語だということをご存じでしょうか。また、いったいなぜ年中公園にある「ぶらんこ」に、季節を見出したのでしょうか。そして、「ぶらんこ」には、別の名称がいくつかあったりするのです。

季語の辞典である『俳句歳時記』をひもとけば、それらの答えは載っていますが、この第一閲覧室では、俳句の鑑賞を通して、季語に関する事柄も知ることができます。

たった十七音の俳句のなかに存在するからこそ季語は核として、いのちとしての光を放って、大事な役割を果たしているのです。

恋《こい》猫《ねこ》の恋する猫で押し通す

永田耕衣《こうい》

早春の頃から、家の周りで猫が赤ちゃんみたいな奇妙な声で鳴いているのを誰もが耳にした経験があるのはないでしょうか。それが、春の季語にもなっている「猫の恋」なのです。「猫の恋」とはつまり、猫の繁殖期の交尾のことで、「恋猫」とは、まさしく「恋する猫」の意味です。

他の言い方として季語に採用されているのは、「猫の妻」「猫の夫」「浮かれ猫」「戯《たわむ》れ猫」「孕《はら》み猫」など、なかなかバラエティに富んでいます。それだけ「恋猫」は、人間にとって親しみがあるのかもしれませんね。恋猫の鳴き声は聞きようによって、どこか哀れさも滲んでいるようです。

この句は、まさにその「恋猫」の姿をストレートに詠ったものです。「恋猫」のたくましさが、「恋する猫で押し通す」の言葉に表れていますね。そして、ついつい人間の恋にも当てはめてみたくなります。それはあなたかもしれないし、あなたの友人かもしれませんが、実際、「恋する人で押し通す」人っていますよね。また、そうでない人は、この句を読んで「そうでありたい」と思う人もいるかもしれません。

雄猫は雌猫を激しく奪い合うといいますから、それほどこの句の「恋猫」には、恋に打ち込む意志の力が漲っています。

葱《ね》《ぎ》坊《ぼう》主《ず》どこをふり向きても故郷

寺山修司

青森県出身の作者が高校三年生のときに作った一句。後に作者は故郷を出て上京し、歌人、詩人、劇作家、映画監督とさまざまな分野で活躍します。

春の季語「葱坊主」は、葱の花のことで、「葱の擬宝《ぎほう》」とも呼ばれます。長く伸びた葱の茎のてっぺんの、小さな白い花をたくさんつけた球状が、坊主の頭に似ているので「葱坊主」といわれます。また、「葱の擬宝」は、橋の欄干《らんかん》の柱の上に付いている擬宝珠が、葱の花の形に似ていることに由来します。

私の故郷の和歌山でも、春になると、畑一面に葱坊主がにょきにょきと咲いていたのでよくこの句の情景がわかります。作者は、ちょっと滑稽な様子をした葱坊主に囲まれて暮らしている自分を解放したい、この葱坊主だらけの狭苦しい故郷からいつか飛び出したいという思いで、この句を作ったのかもしれません。葱のようなたわいもない野菜にも、圧迫を感じる青春の鬱屈《うっくつ》を感じさせます。

作者は、四十七歳で亡くなるまで、常に故郷・青森にこだわり、演劇や映画でも故郷を下敷きに、土臭い独特の世界観をもって表現し続けました。

その他の句に、「方言かなし菫《すみれ》に語り及ぶとき」「林檎の木ゆさぶりやまず逢いたきとき」「わが夏帽《なつぼう》どこまで転べども故郷」など。

海鳥の胸のちからの風光る

柳下良尾

冬から春になるにつれて、だんだん陽光も力を取り戻してきて、風物に明るさが生まれてきますが、本来「風」という透明な気流に、「光」を見いだした春の季語「風光る」には、日本人の持つ季節に対する繊細さがよく表れています。

私は海が好きでよく湘南へ出かけるのですが、春の海鳥はまさにこの句のように空を飛んでいます。海鳥といえば、すぐに鷗《かもめ》が思い浮かんできますね。羽ばたいている鷗をよく見ると、胸を堂々と張って風に乗り、時には逆らうように舞っています。その胸に「ちから」を作者は感じたのです。鷗は翼で飛んでいるのですが、この句を読むと、「胸のちから」でもって、押し進んでいるようにも見えてくるから不思議です。「の」という助詞が、折り重なるように三度繰り返されることによって、空を飛ぶ海鳥に軽やかなリズムが生まれています。

同じ鳥を詠んだ句でも、「文鳥や籠白金《かごしろがね》に光る風　寺田寅彦《とらひこ》」は、籠のなかに飼われた文鳥の安泰と淋しさが、鳥かごを「光る風」が吹き抜けることによって、より強調されるようです。「海鳥」の句と比べてみると、同じ「風光る」という季語を使っていても、その光り加減が違うことに気づかされます。

万《ばん》愚《ぐ》節《せつ》に恋うちあけしあはれさよ

安住　敦

「万愚節」とは、四月一日のエイプリルフールのこと。四月馬鹿ともいわれて、春の季語になっています。ヨーロッパでは、この日の午前中、ちょっとしたいたずらや嘘をついても許される風習があります。「万愚節」の由来は、「万聖節《ばんせいせつ》」に因む対照的な意味合いがあり、ユダに裏切られたことをキリストが忘れないようにする日、また一説ではキリストの命日ともいわれているようです。フランスでは、ポワソン・ダブリル＝「四月の魚」と呼ばれて親しまれています。

日本でも、そこそこエイプリルフールは、根づいているように思われますが、この句のような事態は避けたいと誰もが思うのではないでしょうか。エイプリルフールの日に、恋の告白をしてしまうのは、真剣であればあるほど、「あはれ」を感じますね。告白された相手も、今日はエイプリルフールだと気づいたときから、この告白を信じていいのかどうか、冗談ではないのかとついつい疑ってしまうかもしれません。こういうとき、まだ笑ってすませられる相手であれば助かりますが、この句の場合はどうだったのでしょう。

「エイプリルフールの駅の時計かな　轡田《くつわだ》進」などの句を読むと、なんだかこの日はすべて信じられないような不思議な心地になりますね。

鞦《しゅう》韆《せん》は漕ぐべし愛は奪ふべし

三橋鷹女《たかじょ》

春の季語「鞦韆」は、公園などにあるぶらんこのことで、古くは中国において、寒食の日（冬至後の百五日に当たる日）に、宮女《きゅうじょ》たちが晴れ着をまとって、ぶらんこに乗って遊んだとされています。また、北宋の詩人・蘇《そ》東坡《とうば》の「春夜」に登場する「鞦韆」の詩想から、俳句でも春の季語として定着したようです。

ぶらんこは「鞦韆」の他に、「ふらここ」「ふらんど」「ゆさはり」「半仙《はんせん》戯《ぎ》」といった別称があり、「ぶらんこ」は一説には、ポルトガル語が起源ともいわれています。なかなか「ぶらんこ」にも歴史あり、といったところでしょうか。

さて、この句、「～しなければならない」という命令の意味の「べし」が二度繰り返される力強い句ですね。「ぶらんこは漕がなければいけない、愛は奪わなければならない」と、まるで寸鉄のように人の心に訴えかけるものがあります。

ぶらんこをぐいぐい前に漕ぐ行為と、激しく愛を求める心理と動作とが対比されて、ぶらんこの空高くにその愛の答えがあるようにも思えてきます。

同じ作者に、「夏痩せて嫌ひなものは嫌ひなり」「初嵐して人の機嫌はとれませぬ」「この樹登らば鬼女となるべし夕紅葉《ゆうもみじ》」など、きっぱりと言い切った句が多いのも、「鷹女」という凜とした勇敢な俳号が象徴的に表しているようです。

鎌倉を驚かしたる余《よ》寒《かん》あり

高浜虚子

「余寒」って何だろう？　なんとなくわかるような感じもしますが、普段使わない言葉ですよね。「余寒」は春の季語で、立春（二月四日、五日ころ）を過ぎた後でも、なお残る寒さをいいます。古くは杜甫の詩に、「澗《かん》道《どう》の余寒氷雪を歴《へ》たり」と詠まれていますが、俳人・与謝蕪村が活躍した天明（江戸後期）以降に、「余寒」の作例が多く見られるようです。

では、鎌倉を驚かせた「余寒」とは、一体どんな「余寒」だったのでしょうか。これはもうこの一句の解釈を通して感じるしかないのですが、

「鎌倉」という地名を擬人化して、鎌倉の土地そのものが、また鎌倉に暮らす人々が、その突然の寒さに驚くような「余寒」だったということですから、よほどの寒気の訪れだったと想像できます。もちろん、俳句を作るうえで、作者が誇張的に表現していることも充分あり得ます。しかし、その誇張を踏まえたとしても、印象的な「余寒」でないと、こういう面白い一句は出てこないでしょう。

この句の鑑賞文にはよく、「鎌倉」を別の地名には置き換えられず、「鎌倉」以外には考えられないとあります。たしかに、山本健吉も評しているように、「鎌倉の位置、小ぢんまりとまとまった大きさ、その三方に山を背負った地形、住民の生態などまで、すべてこの句に奉仕する」とは言い得て妙です。

狡《ず》る休みせし吾《あ》をげんげ田に許す

津田清子

春の季語「げんげ田」は、「れんげ畑」のことで、「蓮華草」とは花の形が蓮の花に似ているところからきています。一般的に馴染みがあるのは、「れんげ」という呼び方ですね。季語は、「紫雲英」の漢字で、「げんげ」と読ませ、他に「げんげん」「五形花《げげばな》」などの別称があります。

この句は、学校か仕事かを狡る休みした吾＝自分をれんげ畑に来て許してあげるという意味です。「狡る休み」と「げんげ田」からどこか懐かしい香りが漂ってくる雰囲気があります。

まだ、私の幼いころの昭和五十年代の和歌山には至るところにれんげ畑が春になると現れました。今、思い出してもその優しく美しい光景は、幻のように立ち上がってきます。狡る休みをして寝転がったことはありませんが、放課後や休日にれんげ畑で遊んだ記憶ならあります。それにしても、この句の「狡る休み」に言いしれぬ解放感をおぼえるのは、いつもどこかにそんな願望があるからでしょう。れんげ畑には、それだけ極楽を思わせるような平穏な明るいイメージがあります。

この句を読むと、なぜか私は、石川啄木の一首「教室の窓より遁《に》げて／ただ一人／かの城址《しろあと》に寝に行きしかな」を思い出すのは、どことなく気分が似ているからかもしれません。

てのひらに落花《らっか》とまらぬ月夜かな

渡辺水巴《すいは》

俳句の季語において、「花」といえば「桜」のことを意味します。ですから、この句の「落花」は、散る桜のことで、それに類似した「花吹雪《はなふぶき》」「桜吹雪《さくらふぶき》」は、風に吹かれて盛んに桜の花びらが散る様子を吹雪にたとえた美しい季語です。

「落花」は「花吹雪」よりも、静かにはらはらと散る感じですが、月夜の桜の木の下に佇んで、掌を差し出していると、つぎつぎに止むことのない花びらが降りかかってくるという耽美的な光景が描かれています。

実際、文芸評論家の山本健吉が作者に、「この句の落花は何か芝居の書《かき》割《わり》めいた幻想美を持っていますね」と言ったそうです。芝居の舞台で使われる背景のようだということですね。すると、作者は、「そこまで味わってくだされば結構です」と答えたそうです。ということは、本物の景色として読まれなくても、そこに虚構の美しさを感じ取られても作者としては満足であるということのようです。むしろ「そこまで」と言っているのだから、実際にこの句には、どこか人工的な美も含ませているのかもしれません。

「雪月花」といわれる代表的な季語のうち、「花」と「月」が詠まれていることでもわかるように、美しさが際立つ句といえます。クローズアップされた掌が、月光と落花を受けて、まるで妖しく発光しているようにも見えてきます。

先《せん》人《じん》は必死に春を惜しみけり

相《あい》生《おい》垣《がき》瓜《か》人《じん》

先人とは昔の人の意味ですが、私はこの句では、主に俳句や短歌を詠んだ人たちを指しているのではないだろうかと解釈しました。特に俳人に至っては、「行く春」「春惜しむ」という晩春の季語があるだけに、それを詠もうとして「必死に」なっている感があるように思えるのです。どこか無理に春を惜しもうとしているように。そこをこの一句は、「昔の人は、必死になって春を惜しんでいるなあ」と、ユーモアと皮肉混じりにつぶやいているのですね。

「行く春」の季語は、春が行くというのですから、春をまるで人のように表現しています。そのように擬人化することで、いっそう春を惜しむ気持ちが、「行く春」に込められているのです。

この句の「先人は」で、私が閃いたのは、かの松尾芭蕉です。芭蕉の「行く春」の句は、さすがなかなかの名句揃いなのです。

「行春にわかの浦にて追付たり」「行はるや鳥啼《とりなき》うをの目は泪《なみだ》」「行春を近江の人と惜しみける」。しかし、「先人は」の句を念頭に置いて芭蕉の句を読んでみると、なるほど、芭蕉も「必死に」なって、春を惜しんでおられるなと思えてきませんか？　私はなんだかそう思えてきて、ちょっと可笑しくなりましたね。

蛍《ほたる》籠《かご》昏《くら》ければ揺り炎《も》えたたす

橋本多佳子

和歌山の田舎育ちの私にとっては、蛍は身近な生き物だったので、よくコーヒーの空き瓶にヨモギと蛍を入れて飼った覚えがあります。空き瓶の蓋に錐で穴をいくつか空け、霧吹きでヨモギを湿らせて、枕元にそれを置いて寝るのです。いつまでも蛍の光が気になって眠れないときもありますし、光らないときは、やはりこの句のようにその瓶を揺らして、燃え立たした記憶があります。

すると、不思議なことにそれに反応した蛍が、またゆっくりと明滅を繰り返しはじめるのです。しかし、私の体験とは少し違って、この句には女性の情念を感じます。己の激しい情念そのものを蛍火《ほたるび》に託しているようにも見えますね。

季語「蛍籠」は、空き瓶などはそれの代用で、竹製や金網の籠が本来のもののようです。句集『紅絲《こうし》』（昭和二十六年）に収められた一句ですから、まだ戦後間もないころは、「蛍籠」を軒先などに吊して楽しむ習慣があったのでしょう。もちろん、「蛍」も夏の動物の季語として親しまれており、「蛍籠」も「蛍」から派生した季語といえます。

「蛍火や女の道をふみはづし　鈴木真砂女《まさじょ》」「ゆるやかに着てひとと逢ふ蛍の夜　桂信子」などの例をみても、どこか女性の情念を「蛍」がかき立てているように思えます。「蛍の火」に「恋の火」を重ねて見る心が働くのでしょう。

羅《うすもの》や人悲します恋をして

鈴木真砂女

夏の季語「羅」は、紗《しゃ》・絽《ろ》・明石《あかし》・上布《じょうふ》など、薄く仕立てられた単衣《ひとえ》のこと。いかにも涼しげで、透明感のある織物といえます。

この句は、羅を着た作者が、自分のしている恋をそこはかとなくひととき、振り返っているような趣があります。「人悲します恋」とは、一体どんな恋なのでしょうか。「人」は、その恋愛相手とも採れるし、周囲の人々とも解釈できそうです。不倫のような、どこか後ろ暗いところのある恋も連想されます。

千葉県は鴨川の旅館・吉田屋で生まれ育った作者は、東京の雑貨問屋に嫁ぎますが、その夫がある日、失踪してしまいます。その後、実家に帰ることになり、離婚が成立。吉田屋を継いでいた姉が亡くなると、姉の夫と再婚を果たし、旅館の女将として切り盛りするようになります。やがて、吉田屋とも夫とも別れを告げて、再び上京。銀座に「卯波《うなみ》」という小料理屋を開店します。

私は真砂女さんにはお会いしたことはありませんが、真砂女さん亡き後の「卯波」では、何回か句会をしました。その後、残念ながら「卯波」は閉店しましたが、「しんじゃがの揚げ煮」の味は今でも忘れられません。「羅や細腰にして不逞《ふてい》なり」という作者の句もありますが、同じ「羅」の句でも、「人悲しますす恋をして」よりもどこかふてぶてしい響きが感じられます。

夜《よ》濯《すすぎ》にありあふものをまとひけり

森川暁水《ぎょうすい》

夜になって洗濯でもしようかと思う季節は、夏場が一番多いのではないでしょうか。夏は汗をかきやすいので、洗濯物も溜まりがちになるうえ、仕事を持っている人はなおさら、勤めから帰ってきてから、洗濯を済ませるのが日常かもしれません。

夏の季語「夜濯」は普段あまり使わない言葉ですが、夜に衣服を洗って濯ぐことです。たしかに、夏とは逆の冬の時季になると、水を使うのが冷たい夜中は、洗濯しようとはなかなか思わないですね。

「昭和の一茶」と高浜虚子から呼ばれたこの句の作者は、大阪で貧しい生活を送りました。昭和十二年作ということを考えると、まだ洗濯機はなく、盥《たらい》に水を入れてごしごしと洗濯していたのでしょう。「ありあふものをまとひけり」とは、夜中洗濯をするのに、何かあり合わせの衣服をひっかけたという意味です。さっさと洗濯を済ませようとする作者の雰囲気がよく出ています。

作者が他に、「夜濯をひとりたのしくはじめけり」「夜濯のざあ〳〵水をつかひけり」などの俳句を作ったことがきっかけで、高浜虚子に認められ、「夜濯」が夏の季語として『俳句歳時記』に採用されました。このように、季節にぴったりの言葉を発見し、秀句を作ることで新しく季語に採用されることがあります。

空《くう》をはさむ蟹死にをるや雲の峰

河東碧梧桐《へきごとう》

「雲の峰」を飽かず眺めた時期が私にはあります。それは葡萄《ぶどう》の路上販売のアルバイトをしていたころでした。葭簀《よしず》小屋で葡萄を道行く人に量り売りしたのですが、お客のないときは、山の稜線から沸きだした「雲の峰」を汗を拭きながら見ていました。

夏の季語「雲の峰」は、一般的には入道雲とか積乱雲と呼ばれている雲のことで、雲が山の峰のように重なり、高く聳え立つ様子を凝縮した言葉といえます。ちなみに「葡萄」は秋の季語ですが、品種改良や栽培技術の進化で収穫時期が早まっており、夏にはもう収穫が始まるようです。

さて、この句は、死んだ蟹の鋏が「空」を挟んでいる格好と、「雲の峰」を対比するように詠まれています。「空」の字は、「くう」と作者がふりがなをふっているので、「そら」とは読んでほしくないということです。ひっくり返って死んだ蟹の鋏が、手を差し伸べるように「空中」を挟んでいるのです。そのはるか彼方には、ぐんぐんと盛り上がる入道雲がそびえています。遠近法が活かされた、一幅の絵を見るようですね。

実際は、蟬の声がしているのでしょうが、この句からは静けさが伝わってきます。「蟹」も夏の季語ですが、この句の場合、主たる季語は「雲の峰」。生命の象徴のようでありながら虚無の塊のごとき入道雲が大きく輝いています。

知らぬ間にすこし眠りぬ夜の秋

久保田万太郎

「さて、この句の季節はいつでしょうか?」、私が講師をしている俳句教室で初心者の受講生にそう問いかけると、十中八九、秋の句という答えが返ってきます。でも、答えは、NOです。実は、夏の句なんですね。正確にいうと、「夜の秋」は、晩夏の季語になります。「秋」の語が入っているので、ついつい秋の季語だと思ってしまうようです。江戸時代の俳句から類推して、「夜の秋」は秋の夜のことであり、やはり秋の季語だと唱える人もいるのですが、今日では、晩夏の季語で定着しています。

「土用《どよう》半ばにはや秋風ぞ吹く」と言われるように、夏の終わりが近づくと、日中は暑くても、夜になると秋のような涼しさが感じられますよね。そんな微かな季節の変化をとらえて、晩夏の夜を「夜の秋」という季語にしたのです。

高浜虚子が「夜の秋」を夏の季語であると定めたと言われていますが、虚子の繊細な感性には驚かされます。

万太郎の句は、暑い昼間の疲れが出て、涼しくなった晩夏の夜にふと、居眠りしてしまったという内容ですが、「夜の秋」の物淋しい雰囲気がよく出ています。

夕《ゆう》かなかな母の手紙は語るごと

角　光雄

蜩《ひぐらし》は、「かなかなかな……」と透明感のある綺麗な声で朝夕に鳴くのですが、その鳴き声である「かなかな」がそのまま蜩を指して季語になっています。

ですから、「夕かなかな」とは、夕方に鳴く蜩のことで、季節は初秋でしょうか。「蜩」は『俳句歳時記』の分類では秋の部に属していますが、実はもう夏には鳴き始めています。七月にはその声を聴くことができるので、実際の季節と歳時記の分類には少しずれがあるようです。日本最古の歌集『万葉集』においても、夏でも秋でも「蜩」の和歌が収録されているので、昔から季節の区分があいまいだったようです。歳時記通りに季節は移りゆかないという一つの良い例かもしれません。俳句を作っていると、たまにこういう例にぶつかります。

夕暮れどき、母から送られてきた手紙を作者は読んでいるのでしょう。戸外では、「かなかなかな……」と蜩の声がしています。その声が優しく耳に入ってくるなか、母の手紙に綴られた文章は、まるで自分に語りかけてくるように胸に染みいってくるのです。

「元気にしていますか？」「きちんと食べていますか？」と、いい大人になった息子に対しても、子どものころのように語りかけてくれる母親の手紙。便せんを開いて読んでいる作者の胸に、「かなかな」が母の声と重なって聞こえてきたことでしょう。

さやけくて妻とも知らずすれちがふ

西垣　脩《おさむ》

さて、この句の季語は何でしょうか？「妻」は季語にはならないだろうし、ひょっとして無季の句？　と思う人がいるかもしれません。それほど、一句のなかに季語が溶け込んでいるように見えますが、実は「さやけし」という秋の季語があるのです。ですから、「さやけく」がこの句の季語に当たります。

「爽やか」で、秋の部に季語として立項されており、他に「爽涼《そうりょう》」「爽気《そうき》」「さやけし」「さやか」などの言葉の使い方をします。秋の大気の澄んだ、まさに「爽やか」な気候を指しています。

あまりに爽やかな秋の空気のなか、作者は散歩でもしているのでしょうか。どことなく心のままに歩いているようです。あてどもなく歩くことを「そぞろ歩き」といいますが、どこかそんな感じもしますね。

しかし、ある時、ある女性とすれ違ったのです。「あれ?」と思って振り返ってみると、その後ろ姿に自分の妻だと気づいたのです。

その後、追いかけていって声をかけたかどうかはわかりませんが、おそらくそのまま声もかけずに「そぞろ歩き」を続けたのではないでしょうか。一瞬のすれ違いですが、一抹の寂寥感も漂っており、夫婦といえども独りと独りであることの秋らしいセンチメントも感じさせる一句といえるでしょう。

虫の声月よりこぼれ地に満ちぬ

富安《とみやす》風生《ふうせい》

俳句で「虫」とだけいうと、秋に鳴く鈴虫、コオロギ、キリギリス、鉦叩、邯鄲、松虫などを総称します。一般的に「虫」で括られるバッタや、蝶、蜻蛉、兜虫などは、秋の季語「虫」には含まれません。

この句の「虫の声」も、秋の虫の鳴き声です。「月よりこぼれ地に満ちぬ」は、非常に浪漫的な美しい表現ですね。常識でいうと、虫たちは地面や草の上で鳴いているので、月で鳴いているなんて決してあり得ないわけです。しかし、虫の声に耳を澄ましていると、地面から立ちのぼって中空で響いているように聞こえてきます。そこに月光が差していると、まるで月から虫の声がこぼれ落ちてくるように思えたのでしょう。その声が地面に広がって満ちていると感じ取った作者の聴覚、そして見えないものを見ようとする詩的な視覚が働いた句といえます。こういうふうに詠まれると、虫の鳴き声が幻想的に広がりますね。

同じ作者の句に、「まさをなる空よりしだれざくらかな」がありますが、この句も発想が似ているかもしれません。春の季語「しだれさくら」は、決して「まさをなる空」から垂れ下がっているわけではありません。しかし、しだれ桜をじっと見つめたとき、まるで真っ青に晴れた空から垂れているように見えたのです。青空としだれ桜の遠近をうまく視覚的に取り入れた一句といえるでしょう。

色《いろ》鳥《どり》や書斎は書物散らかして

山口青邨《せいそん》

「渡り鳥」という秋の季語がありますが、「色鳥」も北方から渡ってくる鳥のことで、特に花鶏《あとり》、鶸《ひわ》、尉鶲《じょうびたき》などの色の美しい小鳥類を総称していいます。

「色鳥」という季語そのものが可憐《かれん》な響きを持っていて、私の好きな季語でもあるのですが、俳句をしていてうれしいのは、未知の言葉、美しい季語に出合えることです。都会に住んでいると特に、本物の色鳥を見ることはありませんが、色鳥の俳句を読むことで、心に美しい小鳥たちを羽ばたかせられます。そんな豊かさを味わうのも俳句の楽しみの一つですね。

作者は、東京帝国大学工学部助教授の学者として、書斎人としての秀句をいくつか残しています。この句も、まさに書斎の風景です。書斎の窓から色鳥の飛翔《ひしょう》が見えたのでしょうか。それとも、書斎に散らかしている書物の表紙や背表紙のいろいろなデザインや色彩に、色鳥を感じたのでしょうか。とにかく色鳥と散らかした書物とを取り合わせることによって、色彩に富んだモザイクのような趣が一句に出ています。

作者はみちのくを詠んだことでも有名ですが、その他の書物を詠んだ句に、「本を読む菜の花明り本にあり」「乱菊《らんぎく》やわが学問のしづかなる」「人それぞれ書を読んでゐる良夜《りょうや》かな」など。

十六夜《いざよい》の天渡りゆく櫓音《ろおと》かな

河原枇杷男《びわお》

秋の季語「十六夜」は、陰暦の八月十六日の夜のことですが、俳句では多くその夜の月を意味します。「十五夜」が名月のことで、その後、「十六夜」「立待月《たちまちづき》（十七夜）」「居待月《いまちづき》（十八夜）」「臥待月《ふしまちづき》（寝待月）」「更待月《ふけまちづき》（二十日月）」と、だんだん月の出が遅くなっていきます。十六夜の「いざよう」は、「ためらう」の意味。前夜の名月よりも少し遅れてためらって出ることから、「いざよふ月」とも呼ばれています。

この句を読んで思い出すのが、「天の海に　雲の波立ち　月の舟　星の

林に　漕ぎ隠る見ゆ　　柿本人麻呂」という『万葉集』巻七の巻頭の和歌です。この一首は、天を海と見て、雲を波として、月を舟として、その月である舟が星の林に漕ぎ進んで遠ざかるという壮大な見立ての抒情的な内容です。

「十六夜の天渡りゆく櫓音」も、十六夜の月を舟と見立てて、その月の舟が櫓を漕いで天空を渡ってゆくような想像がふくらみます。この句には他にも解釈があるかもしれませんが、私には人麻呂の一首の本歌取とした解釈が一番しっくりくるのです。本歌取とは、元となる詩歌から、用語や語句などを取り入れて短歌や俳句を作ることです。この句は雄大でありながら浪漫的な月光をこぼす、語調の美しい一句といえます。

渋柿の如きものにては候《そうら》へど

松根東洋城《とうようじょう》

真っ先に思いつく柿の一句は何ですか？　と問えばたぶん、「柿くへば鐘が鳴るなり法隆寺　正岡子規」の声が圧倒的に多いでしょう。これは熟せば、すぐに食べられる柿のことです。しかし、同じ柿でも、渋柿はそのままでは食べられません。渋柿のオーソドックスな食べ方は、干し柿でしょう。そうやって「柿渋」を抜かないと、本当に渋くてしぶくて食べられたものではありません。

この「渋柿」の句は、「とのゐのあした、侍従《じじゅう》してほ句奉《くたてまつ》るべく勅諚《ちょくじょう》ありければ、かしこまりたてまつるとて」の前書があります。要するに、宮内省で働いていた作者が「宿直した朝に、大正天皇から句を奉るようにおおせがあったので、かしこまって献上しようとして」といった意味でしょうか。

ですから、この句は奉答句《ほうとうく》ではなく、奉答した作者の感慨を述べたものといえます。「私の俳句などは、渋柿のような食べられないもの、渋味のある取るに足らないものですが、そんなものでよろしければ、差し上げましょう」といった内容の一句です。この自分の作る俳句を謙遜する心持ちが、季語「渋柿」で見事に諧謔《かいぎゃく》をもって表されています。

そして作者の俳句のみならず、俳句そのものの性質、有り様を衝いた内容としても受け取ることができるでしょう。まことに日本人らしい謙遜ですが、その美徳の見本として覚えておきたい一句でもあります。

うつくしきあぎととあへり能登時雨《のとしぐれ》

飴山　実

　この句のポイントを挙げるならば、「あぎと」と「能登時雨」の二つの言葉といっていいでしょう。まず、古語である「あぎと」とは、顎《あご》のことで「おとがい」ともいいます。「能登時雨」とは、作者の造語だと思いますが、地名の旧石川県北部をさす「能登」と、冬の季語「時雨」をくっつけた言葉で、本来「時雨」といえば京都に代表される、山地に急に降り出しすぐにやんでしまう雨のことを指します。「山めぐり」も時雨のことで、「北山時雨」というのもやはり京都の時雨をいいます。その他に、朝時雨《あさしぐれ》、夕時雨、小夜時雨、横時雨、片時雨など、さまざまな時雨の呼び方があり、日本人の時雨に対する繊細な思い入れがうかがえます。陰暦十月を「時雨月」ともいうように、初冬のころによく見られる気象です。

　この句の「能登時雨」は、「能登」の地名を入れることで、京都の時雨との違いを強調しているといえるでしょう。能登ならではの時雨の光景のなかで、美しい顎の形をした女性に会ったという抒情的な一句です。

「能登美人」という言葉があるのかどうかわかりませんが、「うつくしきあぎととあへり」の柔らかいひらがな表記からも、偶然出会ったか、すれ違ったのだろう時雨に濡れた色白の美人の顎が想像されます。

冬《ふゆ》蜂《ばち》の死にどころなく歩きけり

村上鬼《き》城《じょう》

東京で見た季語「冬蜂」で印象的だったのは、六本木にある会社に勤めていたとき、乃木坂駅から六本木へと歩く通勤途中で出合った冬の蜂です。地面をよろよろと歩いている蜂をしばらく見下ろして、顔を上げると、もうすぐそこに六本木ヒルズが聳《そび》えていました。いまだになぜか、冬の蜂と六本木ヒルズのコントラストが忘れられません。巨大な人工物と小さな生き物との対照に、何か感応したのでしょう。

「蜂」だけだと春の季語なので、春から生き残った蜂が、「冬蜂」となります。

作者は、耳の病を患い、貧しさのなかで暮らした境涯の俳人と呼ばれていますが、この句のような「飛ぶ力のなくなった冬の蜂が、よろよろと死ぬところもなく歩いている」小さな虫に、自分を重ね合わせて見ていたのかもしれませんね。この句の他にも作者は、動物の季語に自らの境遇を託しているのではないかと思われる俳句を数多く詠んでいます。

「闘鶏《とうけい》の眼つぶれて飼はれけり」「春寒やぶつかり歩く盲犬」「鷹《たか》のつらきびしく老いて哀れなり」「凍蝶《いてちょう》の翅《つばさ》をさめて死にけり」など、動物でもどこか弱くなったもの、病気のもの、死を迎えたものを詠むことで、それらに憐憫《れんびん》と慈愛の目を注いでいるようです。

山眠るまばゆき鳥を放ちては

山田みづえ

季節ごとに「山」にまつわる季語がありますが、冬の季語「山眠る」の由来は、郭熙《かくき》の画論『臥遊録《がゆうろく》』に「春山淡冶《たんや》にして笑ふが如く、夏山蒼翠《そうすい》にして滴るが如し。秋山明浄《めいじょう》にして粧ふが如く、冬山惨淡《さんたん》として眠るが如し」の、冬山の部分の引用からきています。ちなみに、「冬山惨淡として」の「惨淡」とは、うす暗い、物さびしいという意味。同じく、春の山は「山笑ふ」、夏の山は「山滴る《やましたたる》」、秋の山は「山粧ふ《やまよそおふ》」と、『臥遊録』から引用されて季語となっています。

この句は、枯木ばかりを抱えて眠っているような冬の山が、まるで弓矢のように、まばゆい鳥を放っているという光景です。面白いのは、「山眠る」という「静」の状態でありながら、擬人的に鳥を放っている「動」の表現になっているところです。「山眠る」だから、山が寝息を吐くように鳥を放っているとも解釈できて、少しユーモアも感じられますね。

もっとわかりやすくユーモアを感じられる句では、「薄目《うすめ》せる山も混じりて山眠る　能村登四郎」があり、まだ完全に瞼を閉じていない薄目の山も、眠る山のなかには混じっているという発想で、擬人化をうまく活かしています。

地の涯《はて》に倖《しあわ》せありと来しが雪

細谷源二

『和漢朗詠集』に、「琴詩酒《きんししゅ》の友皆我を抛《なげう》つ／雪月花《せつげつか》の時に最も君を憶《おも》ふ」という白居易《はくきょい》の有名な漢詩があります。「琴や詩や酒をともに愛した友人は、みんな私を置いて去ってしまった。雪の降るとき、月の照るとき、花の咲くときにはたくさんの友のなかでも、真っ先に君のことが思い出されるよ」といった意味ですが、俳句においても、「雪月花」は代表的な季語として大切にされてきました。冬の季語「雪」は、昔から「豊年の瑞兆《ずいちょう》」として、農耕とも関係づけられてきました。豊作か凶作か、その年の雪の降り方で占ったといわれています。

さて、この句は、作者が家族を連れて戦後、東京から開拓移民団の一家として北海道の十勝に渡って身を置いたときに詠まれた作品です。作者にとって、十勝の原野はまさに地の果て。そこに幸せがあると信じて渡ってきたのですが、冬の厳しさが待っていたのです。この句の最後に置かれた「雪」の一語が、重く現実をとらえた北国の厳寒を伝えています。

上田敏の訳詩集『海潮音《かいちょうおん》』に収められている、ドイツの詩人カール・ブッセが書いた「山のあなたの空遠く／〈幸〉住むと人のいふ」を下敷きにした、苦難を背負った開拓民の呟きのような一句といえます。

一夜明け嫁《よめ》が君《きみ》とは呼ばれけり

清水基吉

新年の季語「嫁が君」とは、鼠《ねずみ》のことで、正月の三が日に限り使われる忌詞《いみことば》です。忌詞とは、ある言葉の持つ不吉な意味合いを避けるために、別の呼び名に言い換えて用いることです。では、鼠《ねずみ》にどんな不吉な意味合いがあるのでしょう。鼠の語源をたどると、例えば、「根棲《ねず》み」＝死者がゆくとされる根の国に棲むもの、「寝盗《ねぬすみ》」＝寝ているあいだに盗むこと、など諸説あるようです。正月のめでたい時期に、そんな不吉な連想を避けるために、「嫁が君」と呼び名を代えて、家に大切な嫁が来たように待遇して新年を言祝《ことほ》ぐのです。

特に、関西地方で「嫁が君」と呼ばれるようで、地方によって「嫁御」「嫁女《よめじょ》」「嫁御前」などと呼び方が変わるようです。

さて、そうすると、もうこの句の意味はわかりますね。「一夜明け」とは、大晦日を過ぎて、新年になったということです。年明けと同時に、鼠も「嫁が君」と呼び名が代わったよという、まさに「嫁が君」の季語の本意本情を詠った一句です。季語の本意本情とは、季語が持つ本来の意味、情感のことをいいます。

年が明けてすぐ、鼠を大切な嫁のように扱うとは面白いですね。歳時記では、春夏秋冬に加えて「新年」の項目があることも覚えておきましょう。

第二閲覧室

技法

第二閲覧室では、俳句の主だった表現技法や基礎知識についで知ることができます。一句のなかで、どのような表現技法が用いられ、どのような効果が発揮されているのかを知ることによって、いっそう鑑賞の仕方が深まるに違いありません。

十七音という言葉数の少ない俳句のなかで、作者が必然的に用いた表現技法には、ただの技法にとどまることなく、そこには大事な思いも込められているはずです。

たとえば、句会で「字余り」の句を私が選んで評していると、初心者の方は「字余り」だからこの句は駄目だと思って選ばなかったのですが、とおっしゃる場面がたまにあります。しかし、「字余り」は俳句のルールに反することではありません。「字余り」を活かした俳句は、実はたくさんあるのです。

そのような事柄を第二閲覧室で知ることで、鑑賞や句作りの手助けになればと思います。

●切字

霜《しも》柱《ばしら》俳句は切《きれ》字《じ》響きけり

石田波《は》郷《きょう》

俳句を読むうえでも作るうえでも、知っておきたいのが切字です。代表的な切字は、「や」「かな」「けり」。この句にも「けり」が使われています。では、切字にはどういう意味、効果があるのでしょうか。

まず、この句の「霜柱」を想像してみてください。霜柱は地表の土を突き上げ、水分が凍って小さな柱状になる現象です。霜柱は踏みつけられると、すぐに折れてしまうもろいものですが、弾くと音が鳴り出しそうな美しく鋭い氷です。

この句では冬の季語「霜柱」が、切字の象徴として使われており、「俳句の切字は、霜柱のように凜として響くもの」というふうにも読み取れますね。

切字の意味は、詠嘆・省略・格調と端的に、俳人・藤田湘子《しょうし》が述べています。「〜だなあ」と感動を表す詠嘆、それ以上述べることなく解釈を読み手に委ねる省略、韻文の響きを整える格調。大摑みに言えば、切字にはこの三つの意味合いがあります。

この句は、切字を積極的に使おうというスローガンともいえますが、切字のことは解らないままでも、とにかく使ってみなさいと作者は述べています。

たとえば、「夏草や兵どもが夢の跡　芭蕉」の「や」、「雪とけて村一ぱいの子どもかな　一茶」の「かな」なども含めて、句を作るときに、「や」「かな」「けり」の切字を使って挑戦してみるのもいいかもしれませんね。

●季語、季重なり

日盛りに蝶のふれ合ふ音すなり

松瀬青々《せいせい》

季語とは、まさにその季節を表す言葉ですが、『俳句歳時記』という季語の辞典があります。春夏秋冬・新年の項目に分かれており、俳句作りには欠かせない辞典です。その辞典でこの句の季語を調べてみると、季語が二つあることに気づかされます。夏の季語「日盛り」と、春の季語「蝶」です。

季語が二つ以上入ることを、「季重《きがさ》なり」といいますが、特に初心のうちは俳句を作るうえで、一句に一つの季語が望ましいとされています。絶対の決まりではありませんが、うっかり季語を二つ使ってしまったという安易な「季重なり」を戒めるためと、季節の感動を一つの季語に集約させる意味合いなどがあります。

「季重なり」を有効に活かしたこの句ですが、「日盛り」を主なる季語として季節は夏とされます。蝶は四季を通じていますから、この句では夏の蝶が舞っているということになりますね。

夏の一番暑い盛りに、蝶々が二つ戯れているのでしょう。作者は、翅《はね》が触れ合う蝶の姿を見て、そこに音を聴き取ったのです。実際は、そんな微かな音など聴こえないはずですが、日盛りの静けさのなかで、心の耳でじっと聴いているのでしょう。聴こえない音を読み手に聴かせるのも俳句の技です。

●写生

蛍火と水に映れる蛍火と

清崎敏郎

小学生のとき、図工の授業で写生をするために港まで出かけて、日本丸という船を鉛筆で夢中になって描いたことがあります。

俳句における「写生《しゃせい》」とは、正岡子規が初めて主張しました。洋画家の中村不折との出会いによって、子規は俳句の技法としてスケッチを取り入れたのです。この「写生」を俳句に導入することで、子規は俳句革新を進めていったといえます。その後、高浜虚子により「主観写生」「客観写生」「花鳥諷詠《かちょうふうえい》」と、写生を軸にした俳句の理念が展開されていきました。

虚子は「花鳥諷詠」について、「花鳥諷詠と申しますのは花鳥風月を諷詠するといふことで、一層細密に云へば、春夏秋冬四時の移り変りに依つて起る自然界の現象、並にそれに伴ふ人事界の現象を諷詠するの謂《いい》であります」と述べています。「花鳥諷詠」といわれると、自然だけしか詠んではいけないように思いがちですが、人間の暮らしや営みである「人事界の現象」を俳句に詠むことも「花鳥諷詠」に含まれており、写生を大きく捉えた主張となっています。

さて、蛍火の句ですが、これはまさに純粋な写生といえるでしょう。初夏の季語「蛍」の火をシンプルに描いています。蛍は水辺にいますが、草むらの蛍火と、水面に映る蛍火とを並べただけの句です。「蛍火と」のリフレインによって、一句そのものが蛍の光の明滅に見えてくるから不思議です。

●取り合わせ

春の灯《ひ》や女は持たぬのどぼとけ

日野草城《そうじょう》

この句に詠まれた「春の灯《ひ》」と「女は持たぬのどぼとけ」とは、本来何の関係もない事柄です。しかし、切字「や」をあいだに置いて、十七音として読むと、そこはかとないエロチシズムが立ち上がってきますよね。それは、「春の灯」と「女は持たぬのどぼとけ」をうまく取り合わせて一句を作っているからです。

華やぎのある春の灯火に、女の喉《のど》のあたりが照らされているのでしょう。どんなシチュエーションなのかは読み手の想像に委ねられています。

「女は持たぬ」と否定形を用いることで、いっそうすらりとした女の喉がクローズアップされていますね。灯火も「夏の灯」「秋の灯」「冬の灯」と四季を通じて季語となっていますが、やはりこの句では、艶やかな「春の灯」が一番ぴったりきます。

「取り合わせ」とはこの句のように、一句に二つの事柄（素材、言葉）を組み合わせる俳句の作り方をいいます。うまく取り合わされた句は、「取り合わせの妙」などといわれ、二つの事柄が離れすぎてもいないし、付きすぎてもいない、なんともいえない絶妙な距離感があるものです。

たとえば、この句を「冬の灯」にしてみたら、どうでしょうか？　一つの事柄が変わることで、もう一つの事柄との距離感が違ったように見えてきませんか？

●一句一章

冬菊のまとふはおのがひかりのみ

水原秋櫻子《しゅうおうし》

作者の自解《じかい》を抜粋すると、「秋ならば周囲の花のひかりが菊と相映《あいえい》じて、互いに美しさを加えるのだが、いまはただおのれの光があるだけで、靄《もや》の深くこもる日などは、夕日が早く垣を去り、二つ三つ浮かんでいた綿虫もどこかへ消え去って、殊さらさびしいその光であった。」とあります。

(『水原秋櫻子全集第十三巻　自句自解』)

私はこの句を読んだとき、冬菊そのものが放つ光に何か力強い意志のようなものを感じたのですが、作者は「殊さらさびしいその光」と感じ取って詠んだのですね。作者の自句自解と私の解釈のこのずれが面白いと思えるところです。

俳句に限らずいえることですが、作品は一度世に出ると、あとは十人十色の解釈が生まれるものであり、受け取られ方はさまざまです。作者の意図はあるとしても、鑑賞する側のそれぞれの感性で自由に作品を味わえばいいと思います。

さて、この句の形式は「一句一章」といって、ひと続きになった切れ目のない俳句といえます。「の」と「は」の助詞によって言葉がつなぎ合わされて、一句に切れ目がありません。また、この句は「冬菊」という一つの物だけで作られているので、「一物仕立《いちぶつじた》て」とも言われます。

一句一章の俳句は、一気に読み下せるだけに、感動も直球で胸に飛び込んでくる良さがあります。

●字余り

ねむりても旅の花火の胸にひらく

大野林火《りんか》

昭和二十二年作のこの句には、「豊川鳥山美水居《とよかわとりやまみすいきょ》にて」の前書があります。

豊川は愛知県南東部の市のこと。鳥山美水は、作者と同じ師を持つ太田鴻村《こうそん》が主宰する「林苑《りんえん》」の発行人。作者は豊川市を訪れた際、美水の住居にお世話になりました。作者の『自選自解』には、「宴果《うたげは》てたころ、誰かが花火の音を告げた。これも永い戦争で忘れていたものだ。私は外に出て飯田線の踏切のあたりに立った。花火は田畑をへだて、豊橋の方に見えた。

心底から美しいと思い、昂奮した。それは就寝してからもつづいた。平和のよさをつくづく感じた」と記されています。作者の解説を読むと、どれだけこの日の花火が印象的であったかが、よりいっそう伝わってきますね。「寝底《ねぞこ》に入ってからも、まだ昂奮《こうふん》の残る胸の内側で旅先で見上げた花火が何度も開いては消えてゆくよ」といった溢れる思いを込めた一句の表れとして、最後の「胸にひらく」が五音で収まらず、六音となり文字が余った形となっています。このように、俳句は十七音ですが、十八音、また十九音と定型をはみ出した句を「字余り」といいます。

よく初心の方に、「字余り」の句は駄目なんでしょうか？　と質問されますが、一概に駄目とは言い切れません。熟練の俳人は、「字余り」も一つの表現方法として用います。この句も定型をはみ出すことによって、夏の季語「花火」への情感がみずみずしく溢れ出しています。

●字足らず

と言ひて鼻かむ僧の夜《よ》寒《さむ》かな

高浜虚子

どこかとぼけた味わいの一句ですが、そう感じるのはこの句の内容と、「と言ひて」の出だしにあるといえるでしょう。五音からはじまるところが「と言ひて」の四音となり、一句全体も十六音と一音足りない音数になっています。定型の十七音より音の少ないこのような句を「字足らず」といいます。

「字足らず」は、「字余り」の句よりも秀句が少なく、手法としてはたいへん難しいといえるでしょう。初心のうちはまず、定型の十七音のリズムをきっちり身につけることが大事です。

さて、「と言ひて」は、「と」の上の言葉が省略されていますが、果たしてこの僧侶は何と言って鼻をかんだのでしょうか？　「夜寒」は秋の季語で、文字通り日が暮れたあとの夜の寒さのことですが、この僧侶は鼻をかんでいますから、ちょっと寒さが身に染みているようですね。

私はこの僧侶を禅僧《ぜんそう》と見立てて、何か意味深長な禅語《ぜんご》をつぶやいたのではないか、などと考えてみました。

たとえば、〈「放下着《ほうげじやく》」と言ひて鼻かむ僧の夜寒かな〉。「放下着」とは、捨ててしまいなさいという意味で、今でいう「断捨離《だんしやり》」に近い言葉でしょうか。そう言って鼻をかむ僧侶というのも、なかなか様になるものです。

また、僧侶に尋ねた相手の言葉もいろいろ想像するのも面白いかもしれませんね。何と言ったかを考えるだけでけっこう遊べる一句です。

●直喩

葡萄垂れさがる如くに教へたし

平畑静塔《せいとう》

二十代後半から私は、人に乞われてジャズ喫茶や公民館で句会を開いて、未熟ながら訥々と指導してきました。そんな経験が積み重なって、今ではいろいろなところで俳句を教える境遇にいますが、この句のように「教える」のは理想であり、そしてなかなか難しいことだなとも思います。

秋の季語「葡萄」は、何の衒《てら》いもなく引力に任せるように垂れ下がっていますね。ただあるがままに自然に実っている充実した葡萄のように、「ああ、こんなふうに人に教えられたらいいのになあ」と、精神科医で教壇にも立ったことのある作者は思ったのでしょう。指導者や上に立つ立場の人は、警句《けいく》として覚えておきたい一句ですね。私も時々、この句を思い出しては自戒しています。

この句に使われている「如《ごと》くに」ですが、修辞法でいうと、「直喩《ちょくゆ》」といいます。「～ような」「～ごとく」「～似た」「さながら」「あたかも」などの言葉を使って、別の何かにたとえることで、より一句の印象を際立たせる効果があります。

しかし一方で「如く俳句」などとも呼ばれて、無闇《むやみ》に使うと、陳腐な俳句になってしまう恐れもあるので要注意。「直喩」を使うなら、皆が思いつかないような、発想の飛躍した表現で読み手に新鮮な感動を与えたいですね。

●暗喩

金剛の露《つゆ》ひとつぶや石の上

川端茅舎《ぼうしや》

「朝露の一滴にも天と地が映っている」という金言《きんげん》を、作家の開高健《かいこうたけし》がよく色紙に書いたといわれています。この句を読むと一見、一粒の露を詠んでいるだけの十七音に思えますが、石の上にぽつんとある露に、「天と地」が映り込んでいるような無限の広がりを感じることができますね。

「金剛」という言葉は、仏教用語である金剛界《こんごうかい》の略とも、ダイヤモンド（金剛石）とも解釈できるのですが、どちらの解釈にも共通するのは、「硬い」ということです。金剛界は密教の大日如来の悟りの智慧《ちえ》の堅牢《けんろう》さ、ダイヤモンドは鉱物の中でも硬度が最も高いとされています。その強固な「金剛」を助詞「の」を挟んで、触ればすぐに壊れる脆い「露」とつなげたのが、この句の奥深さになっています。

美しく張りつめた一粒の「露」を、硬さでいえば全く反対である「金剛」と見たところが、作者独自の感性といえますね。

儚い「露」に永遠を見ているようなこの句ですが、「直喩」で表現すると、「金剛のごとき露」とか「金剛のやうな露」となります。しかし、この句は「金剛の露」というように、「ごとき」や「やうな」を省略して、直接言葉と言葉を結びつけて断定しています。このような修辞法を「暗《あん》喩《ゆ》」（または隠喩《いんゆ》）といいます。「暗喩」には、読者にストレートに訴えかける力強さがあります。

●擬音語

鳥わたるこきこきこきと罐《かん》切れば

秋元不死男《ふじお》

この句で印象的なのは、「こきこきこき」という「擬音語《ぎおんご》」ですね。「擬音語」は、『広辞苑』によると、「実際の音をまねて言葉とした語。「さらさら」「ざあざあ」「わんわん」など。擬声語《ぎせいご》。オノマトペア。オノマトペ。」とあります。

オノマトペはフランス語ですが、俳句では、「さらさらの砂」「ざあざあと雨」「犬がわんわん」などと用いると、陳腐になってしまいます。独自のオノマトペを発見して、共感や驚きを得られる表現にしたいですね。

　また、同時に覚えておきたいのが、「擬態語《ぎたいご》」です。聴覚以外の物事の状態を表現した言葉をいいます。「ゆらゆら」「ふわふわ」「ゆったり」など、これも挙げると切りがないくらい、私たちは文章で目にしますし、会話でも使います。

　俳句で擬音語・擬態語をうまく用いると調べがよくなったり、一句に臨場感が生まれます。この句も、秋の渡り鳥の羽ばたきと呼応するように、「こきこきこきと」缶詰の蓋を缶切りでリズムよく開けてゆく音が耳に新鮮ですね。

　作者は、昭和十六年に治安維持法により検挙され、二年入獄しました。戦争の影響により自由な表現が許されない時代に俳句も弾圧されたのです。この句の「こきこきこきと」には、俳句弾圧事件からの解放と、戦後の食糧難に得た貴重な缶詰が食べられるという喜びが表されているともいわれています。

●擬人法

海に出て木枯《こがらし》帰るところなし

山口誓子

初冬の季語「木枯」は、街や野山を駆け抜けたあと、陸地を離れて海原《うなばら》へと吹き去っていったのです。それを「木枯帰るところなし」と詠んだところが、この句の眼目といえるでしょう。「木枯」は北西寄りの強い風のことなので、生き物ではありません。しかし、作者は生命のないものにいのちを見たように、まるで人間のように「帰るところなし」と表現したのです。

「木枯」が行くとか帰るとか感じるのは、あくまでその人の主観であり、吹いている風を人間の動作のようにたとえて見ているのです。「その木枯はかの片道特攻隊に劣らぬくらい哀れである。」と、作者がこの句について記しているのも興味深いところです。

このように、人間以外のものに対して、人間のように見立てて表現することを「擬人法」といいます。「擬人法」も初心者がつい頻繁《ひんぱん》に使ってしまう修辞法ですが、実際効果のある使い方をするのはなかなか難しいものです。幼い表現にならないように、これ見よがしのフレーズにならないように気をつけたいですね。

前述の「一句一章」で採り上げた、水原秋櫻子の「冬菊のまとふはおのがひかりのみ」の句も実は「まとふ」という表現が「擬人法」になっています。冬菊は人間が服を着るように、自らひかりを「まとふ」ことはしませんよね。このようにさりげなく「擬人法」を用いることで、一句が印象的になる例もあります。

●遠近法

かたつむり甲斐《かい》も信濃《しなの》も雨のなか

飯田龍太

故郷の山梨県境川村に根を下ろして暮らしていた作者が、諏訪口のほうを見晴るかして作った一句といわれています。

まず最初に、梅雨の時節などによく見られる夏の季語「かたつむり」を読者に見せておいてから、「甲斐も信濃も」と大きな景色をもってきて、最後に「雨のなか」と辺り一面の雨模様を詠っています。

小さな「かたつむり」、大きな「甲斐も信濃も」という二つの旧国名、それら全体を包み込んで降るさらに広範囲な「雨のなか」、それを五・

七・五と読み下していくことで、まるで奥行きのある優れた絵画でも見せられるように、雄大な風景を感じ取ることができますね。

近景の一点である「かたつむり」から、ぐっとカメラを引いてゆくように遠くの甲斐や信濃を見せる手法は、まさに「遠近法」といえます。この句を読むと、俳句は非常に視覚的な表現に向いているといえるでしょう。

松尾芭蕉の名句とされる「荒海《あらうみ》や佐渡《さど》によこたふ天河《あまのがわ》」なども、目の前の「荒海」と、佐渡島の上にかかる「天河」との壮大な「遠近法」によって、佐渡に流された罪人の悲しみや無常までもが暗に浮き上がってくるようです。

十七音という小さな器で、広大な風景や深い歴史が詠めることを覚えておきたいですね。

●命令形

外《と》にも出よ触るるばかりに春の月

中村汀女《ていじょ》

朧月《おぼろづき》というと、朧に霞《かす》んだ「春の月」ですが、単に「春の月」といえば、朧月だけでなく、あらゆる様子の春季の月を指します。

この句は、よっぽど美しい満月が夜空に上がっていたのでしょうね。「ねえ、ちょっと外に出てみてよ。手を伸ばしたら届きそうなくらい、春の大きな満月が出ているから」と、作者が家族にでも呼びかけているような弾んだ調子の内容となっています。その声につられて、子どもたちが慌てて外に出てきそうな雰囲気もありますね。今の子どもなら、「あっそう」

みたいな興味のない反応をしそうですが、この句からは古きよき日本の佇まいも感じられます。

この句が作られた昭和二十一年という時代背景を踏まえると、終戦後ということもあり、その喜びや解放感も多分に込められているように思われます。戦争中は、月を愛でるという行為さえ忘れるくらいに、生き延びることで必死であったことでしょう。そう考えると、この句の冒頭の「外にも出よ」という呼びかけは、ほのぼのとした弾みのなかにも、もっと深い情感がこめられているのかもしれません。

「出よ」の命令形が、この句で一番肝心な表現になっているのは、誰でも感じるところですね。「命令形」を用いながらも、威張ったふうでなく、どこか優しさに溢れているのがこの句の鮮やかなところでしょう。

●句またがり

万緑《ばんりょく》の中や吾子《あこ》の歯生え初《そ》むる

中村草田男《くさたお》

「万緑」は、最初に作者がこの一句のなかで使ったことで、その後、夏の季語として定着しました。そもそも「万緑」という言葉は、王安石《おうあんせき》の漢詩「万緑叢中紅一点」が出典とされていますが、新緑や青葉よりもいっそう力強い緑の充実を表した季語といえるでしょう。この句から、一面の濃い緑と響き合うように、我が子の生命力の讃歌として、小さな歯が象徴的に光って見えてきます。

さて、この句の意味を重視して区切って読んでみると、「万緑の中や／

吾子の歯／生え初むる」となりますね。そして、五音・七音・五音の基本の音節通り読んでみると、「万緑の／中や吾子の歯／生え初むる」となります。

何か気づいたことはありませんか？　そうです、五音・七音・五音の音節通りに読むと、「万緑の中や」のフレーズが、五音から七音へまたがっていますね。このように、フレーズ（言葉）が音節をまたぐことを「句またがり」といいます。

「句またがり」を技法として用いる場合は、やはり五・七・五の定型の感覚を充分身につけておかないと難しいと思います。逆にいえば、定型を身につけておけば、「句またがり」のリズムも自然に生まれてくるので、初心のうちは定型に徹することが何よりも訓練になるでしょう。

●リフレイン

木の葉ふりやまずいそぐないそぐなよ

加藤楸邨

黙読ではなくこの一句を声に出して読み上げると、音楽性がより感じられないでしょうか。リズムがとてもいいですよね。

それはどこから感じるかというと、「いそぐな」のリフレインです。同じフレーズを繰り返すことで、音楽性が高まりリズムが生まれるのです。

またこの句の場合、五・七・五のリズムではなく、「木の葉ふりやまず」の八音、「いそぐな」の四音、「いそぐなよ」の五音で一句(十七音)ができています。前述した「句またがり」の技法ですね。まるで作者が語りかける声のような調べですよね。作者が自らに語りかけているようでもあり、散ってゆく木の葉に向かって語りかけているようにも思えます。

実はこの句の背景には、病を抱えている作者がいるのです。肋膜炎《ろくまくえん》を患い、悪化したときの一句だと言われていますが、病から早く癒えたい焦る気持ちを、冬の季語「木の葉」に託して詠っています。

私はこの一句から、O・ヘンリーの「最後の一葉」の物語を思い浮かべました。どこか通底する物語性が感じられます。作品の背景を知ると、余計にこの句の味わいが深まりますね。

人生の教訓としても覚えておきたい、読めば読むほど心に染みる秀吟です。

●数詞

筍《たけのこ》や雨粒ひとつふたつ百

藤田湘子《しょうし》

「数詞《すうし》」を広辞苑で調べると、「数量を量り、または順序を数えるのに用いる語。」とありますが、簡単にいえば数字のことです。

俳句でもよく数字は使われますが、この筍の句などはまことにうまい「数詞」の用い方をしていますね。

「筍や」とまず読み手に筍を想像させておいて、雨が降り出した様子を一つ、二つとぽつりぽつりといった感じで表し、それからいきなり百という数字をもってきて、激しい雨になったことを表現しています。百、千、万と俳句で使われるときは、数多くの、数え切れないほどのという意味になります。

夏の季語「筍《たけのこ》」は、竹の種類にもよりますが、早いもので三月、孟宗竹《もうそうちく》は四月から五月にかけて旬の時期とされています。「雨後の筍」という諺《ことわざ》もあるように、雨の後には筍がぐんぐん成長するものです。この句は、その頃の雨を「筍」を通してよく捉えていますし、視覚、聴覚、体感的にも雨の降りざまがリアリティをもって読者に伝わってきます。

前述した「秋風や模様のちがふ皿二つ　石鼎《せきてい》」の「二つ」も、「鶏頭《けいとう》の十四五本もありぬべし　子規」の「十四五本」も「数詞」ですが、いずれもその数字には必然性があります。「数詞」を用いるときは、その句の内容にあった、読者を納得させる的確な数字を選んで使いたいものですね。

●挨拶句

たとふれば独楽《こま》のはじける如くなり

高浜虚子

この句には、「碧梧桐《へきごとう》とはよく親しみよく争ひたり」という前書があります。

虚子と河東碧梧桐とは、松山中学の同級生であり、正岡子規を師とする同門の仲でした。ともに正岡子規に認められた双璧《そうへき》であり友情を育んだのですが、次第に碧梧桐は無季や自由律に分裂してゆく新傾向俳句へ、虚子は有季定型を重んじる守旧派として、二人の俳句の考え方の相違がはっきりと表れるようになり対立してゆきます。

その後、碧梧桐は俳句の世界から身を引くのですが、虚子との交友は変わらなかったといわれています。

昭和十二年二月一日に碧梧桐は亡くなりますが、この句はその時に作られた追悼句です。前書から親友でありライバルであったことがよくわかります。二人の関係を作者は、「たとえるならば、二つの独楽が弾けるような間柄であった」と、新年の季語「独楽」を二人にたとえて碧梧桐を追悼したのです。懐の広い心のこもった一句ですね。

追悼句は最後の挨拶ですから、「挨拶句」ともいいます。「挨拶句」とは、慶賀《けいが》（祝う気持ち）、弔意《ちょうい》（哀悼する気持ち）などの心をこめて相手に贈る俳句のことをいいます。また、たとえば「あらたうと青葉若葉の日の光　芭蕉」の句などは、「日の光」＝「日光」と地名を詠み込むことで、訪れた日光に親しみを表しています。この句は、その土地に対する「挨拶句」といえるでしょう。

●忌日俳句

秋蟬《しゅうせん》の尿《しと》きらきらと健次《けんじ》の忌

堀本裕樹

私は和歌山市に生まれ育ちましたが、両親が熊野・本宮《ほんぐう》出身なので、幼い頃から紀北《きほく》と紀南《きなん》の両方の地に親しんできました。私が熊野人の血であると意識しはじめたのは、同郷の新宮《しんぐう》出身の作家・中上健次《なかがみけんじ》を知ったときからです。

中上健次は昭和二十一年に生まれ、平成四年八月十二日に亡くなりました。享年四十六歳。あまりに早い死でした。私は中上健次には一度も会ったことはありませんが、中上健次との奇縁を感じて生きてきました。私は大学進学のために上京し、それから何年も経ちますが、中上健次ゆかりの人物と数多く会ってきました。中上健次に私淑《ししゅく》する思いがそのように導いていったのでしょうか。

さて、「忌日俳句《きじつはいく》」とは、故人の命日を詠むことですが、「健次忌」は八月十二日なので秋の季語となります。この句は、「秋蟬の尿」という不浄のものが、太陽に「きらきらと」輝いて清浄のものへと変化するところを詠むことで、中上作品の聖と俗、熊野の光と闇を象徴的に描きながら故人を偲びました。

その他にも、西行忌《さいぎょうき》（陰暦二月十五日）、虚子忌《きょしき》（四月八日）、太宰忌《だざいき》（六月十九日。桜桃忌《おうとうき》とも）、芭蕉忌《ばしょうき》（陰暦十月十二日。時雨忌《しぐれき》、翁忌《おきなき》とも）、一茶忌（陰暦十一月十九日）、蕪村忌（陰暦十二月二十五日。春星忌《しゅんせいき》、夜半亭忌《やはんていき》とも）など、俳句にゆかりのある故人の忌日がたくさん季語となっています。

●辞世の句

糸瓜《へちま》咲て痰のつまりし仏かな

正岡子規

明治三十五年九月十八日、妹の律に画板に紙を貼り付けたものを持たせて、作者は絶筆三句をしたためました。そして、十九日午前一時頃に、息を引き取ります。享年三十五歳。俳句においては、新聞『日本』をよりどころとして、写生を中心に主張した俳句革新運動を推進したことが偉業となりました。

この句は、絶筆三句のうち最初に書いたもので、夏の季語「糸瓜の花」の下で、喉に痰が詰まって死んでいる自分の死体を「仏」として、客観的に想像のうえで描写しています。もうすぐ死ぬであろう自分をどこか突き放して見ている作者の眼が恐ろしいほど冴えています。次に記したのが、「痰一斗《たんいっと》糸瓜の水も間に合はず」です。一斗とは一升の十倍ですから、そんなに痰が出るはずがなく、誇張的に表現しています。秋の季語「糸瓜の水」は、痰切りや咳止めに効くとされており、その水が間に合わなかったと詠んでいるのです。最後の句が、「をととひの糸瓜の水も取らざりき」です。おとといの十五夜に糸瓜の水を取る習わしがあるのだが取らなかったという後悔の念を詠んで筆を置きました。

作者はこの三句をこの世に別れを告げるにあたって詠んだ「辞世の句」として遺しました。子規の命日である九月十九日は、子規忌（糸瓜忌・獺《だっ》祭忌《さいき》）として秋の季語に収録されて、今でも多くの人々に詠まれています。

●無季俳句

昭和哀へ馬の音する夕《ゆうべ》かな

三橋敏雄

最初にこの句に触れたときに浮かんできた映像は、宮本輝氏の小説「泥の河」のある一場面でした。舞台は昭和三十年の大阪で、自動車の数もどんどん増えていましたが、まだ街角に馬車の姿が見られた時代です。主人公の少年が見つめるなか、鉄屑《てつくず》をたくさん積んだ荷を引く馬が坂で足を滑らせて、その荷車を後ろから押していた男が鉄屑の下敷きになって死んでしまうという場面があるのですが、なぜか「泥の河」の馬とこの句の馬が頭のなかで重なって、「昭和哀へ」という抽象的な表現も自分なりに思いを馳せることができました。

この句が作られたのは昭和四十年なので、街角で馬車が見られたかどうかはわかりませんが、おそらく作者の耳に届いた「馬の音」は記憶のなかにあるものではなかったのでしょうか。

大正九年生まれの作者は、第二次世界大戦を経て、経済成長する日本を感じながら、昭和を回顧する気持ちでこの句を作ったのでしょう。この「馬の音」を軍馬の蹄の音と解釈すると、なおさら戦争への言いしれない思いのこもった一句として、読み手に伝わってきますね。

季語がないこの句は、「無季俳句《むきはいく》」ですが、作者はそれを承知で作っています。作者は季語のある句も詠んでいますが、「いつせいに柱の燃ゆる都かな」「かもめ来よ天金《てんきん》の書をひらくたび」など、「無季俳句」の秀句を数多く残しています。

第三閲覧室

暗唱

第三閲覧室では、覚えておいてほしい俳句を取り揃えています。世界で一番短い詩といわれる俳句は、世界で一番暗唱するのに適した詩型ともいえるでしょう。短いうえに、五七五のリズムが特に、日本人には覚えやすい調べとなっています。

私がある句を不意に口ずさむと、どうしてそんなふうに俳句を覚えていられるのですか？　と問われることがあります。

その答えは簡単です。毎日のように俳句に触れているからです。俳句を作ったり読んだり選んだりする機会が多いと、やがてそのリズムが心身に沁み込んでいきます。そうすると、俳句が覚えやすくなるのです。

本書の第一章の「書庫」からここまで俳句に触れてきた読者の皆さんにも、五七五のリズムが少なからず沁み込んできたことでしょう。黙読するだけでなく、声に出して俳句の調べを楽しみながら覚えてみましょう。

子にみやげなき秋の夜の肩車

能村登四郎

戦後まだ間のないころ、貧しい教職時代の作者が詠んだ一句。

本来なら子どもにみやげの一つでも買って帰りたい日だけれど、そんなお金も持ち合わせていなかったのです。「ただいま」と家に帰った父に、じゃれついてくる幼い子ども。父は子に、みやげの代わりに肩車をしてあげたのですね。静かな秋の夜におどけてみせる父と笑い声をあげる子の姿が見えてきます。

我が子に対する父親の愛情が、切ないまでににじみ出ています。

コーヒー店永遠に在り秋の雨

永田耕衣《こうい》

扉を開ければ、顔なじみのマスターが「いらっしゃい」と声をかけてくれる行きつけの喫茶店。この句の喫茶店はチェーン店ではなく、個人で昔からやっているいわゆる「純喫茶」と覚しき佇《たたず》まいが思い浮かびます。

雨の日も風の日も営業日であれば、必ず灯が点っている喫茶店はまるで永遠にそこに在りそうな雰囲気。自分が死んだあとも、あの店は存在し続けるのだろうと、ふと作者は思いを馳せたのでしょう。

秋の雨にけぶるコーヒー店がそこはかとなく哀愁《あいしゅう》を醸し出しています。

葡萄食ふ一語一語の如くにて

中村草田男

葡萄の一粒一粒を、まるで一語一語のように噛みしめて味わっている一句。

昭和二十二年作ですから、当時葡萄はまだ貴重な果物だったことでしょう。その時代を考えると、「一語一語の如くにて」が、ある切実さをともなって読者に伝わってきます。また、大切な書物を読むように、大切な人と言葉を交わすように葡萄を味わっているという解釈もできます。

教師だった作者は、生徒たちに噛んで含めるように言葉を伝えていたことでしょう。作者の言葉に対する誠実さが現れ出た一句です。

秋《あき》鯖《さば》や上司罵《ののし》るために酔ふ

草間時彦《ときひこ》

会社勤めをしている人であれば、思わず共感してしまう内容でしょう。上司に理不尽なふるまいや命令でもされたのか、とにかく酒でも飲まないと腹の虫がおさまらないといったところ。酔って同僚にでも愚痴をこぼしながら、秋鯖をつついている居酒屋の風景です。胸につかえていた気持ちを誰かに聞いてもらうことで、少しは楽になったり癒されたりするものですね。

鯖といえば、夏の季語ですが、脂の乗った秋の鯖は塩焼きや味噌煮などにすれば、酒にもご飯にもいけるありがたい魚です。

秋の雲立《りっ》志《し》伝《でん》みな家を捨つ

上田五千石

小学校や中学校の図書館には、偉業を成しとげた人の伝記が並んでいました。それらを読むと、自分の生まれ育った故郷を捨てて志を持って都会に出てゆくといった偉人の物語がけっこう多いことに気づかされます。

今でも、故郷から東京に出てきて夢を追い求める若い人が多いと思いますが、地方分権といわれて久しい現代、Ｉターン就職や地元志向の若者も増えており、さまざまな価値観が生まれています。しかし、この句にある「秋の雲」を追いかける勇ましさや雲のように漂いながらもどこかを目指す意欲も、青雲の志という言葉とともに忘れたくないものですね。

情ありて言葉寡《すく》なや月の友

渡辺水巴

「月の友」とは秋の季語で、月見を一緒にする友人のことです。思いやりのある友と言葉をいくつか交わすだけの月見。酒でも酌み交わしているのでしょうか。沈黙を埋めてくれるのは、虫の鳴き声のみ。古い付き合いで、気を遣わなくてもいい間柄だからこそ、こういう月見ができるのでしょう。言葉を費やして相手に伝えられることもありますが、思いを胸に留めて、言わぬは言うにまさるという場面も時にはありますね。

蟋蟀《こおろぎ》のこの一徹《いってつ》の貌《かお》を見よ

山口青邨

　蟋蟀の貌をズームアップさせて、強情で真っ直ぐなこの顔つきを見てみなさいと命令形で詠った一句。蟋蟀の顔をまじまじと見つめてみると、なるほど、なかなか一本気な顔つきをしています。鉱物学を一心に勉学してきた作者の自画像にも通じるような蟋蟀の面構えといえます。

「目は口ほどに物を言う」という諺がありますが、蟋蟀の目は複眼で顔の大部分を占めている印象ですね。その目つきが印象的なゆえに、顔に一徹さがにじみ出ているのかもしれません。人間でいうとかなりの頑固者といった感じです。

おい癌め酌みかはさうぜ秋の酒

江國　滋《しげる》

前書には「敗北宣言」。作者は約六ヶ月間の入院生活で五四五句を詠み、最後にこの句を遺して亡くなりました。

「おい癌め」と親しい友人にでも呼びかけるように詠いだし、「まあ、もう最後だから一緒に酒でも飲もうや」という諦めと切ないまでの諧謔から死への覚悟が垣間見え、読む者の心を打ちます。

この「秋の酒」は悲しみの極みの酒であり、秋冷の至った辛口の酒がふさわしいように私には感じられます。

銀《ぎん》漢《かん》や一生分といふ逢瀬

日《ひ》下《が》野《の》由季

「銀漢」とは、天の川のことで秋の季語。天の川は数億以上の恒星の集まりですが、乳白色の大河のようなその煌めきは、息を呑むほど美しいものです。

古くから七夕の伝説と結びつけて天の川は和歌にも詠まれてきました。この句もやはり織姫と彦星の物語を重ね合わせて、「一生分といふ逢瀬」と感じた作者自身の恋情を詠んでいるのでしょう。「一生分」とはすべてを賭けた命の限りの逢瀬。「銀漢」の静けさの下、恋する相手への思いの深さが伝わってきます。

桔《き》梗《きょう》一輪投げこむ力ばかりの世に

櫻井博道《はくどう》

問題を投げかけることを「一石を投ずる」といいますが、この句では一石のごとく一輪の桔梗を、弱肉強食の世の中に投げこんでいます。松尾芭蕉は、自分の俳諧《はいかい》などは「夏炉冬扇《かろとうせん》」のようなものだと言っています。要するに、夏の火鉢《ひばち》や冬の扇《おうぎ》のように無用なものだということです。

この句の桔梗も秋になれば咲くなんでもない花で、世の中を生きていくうえで必要不可欠なものではないかもしれません。しかし、か弱い桔梗でも命と美しさを持っています。強者の社会に対しての小さな叛逆《はんぎゃく》の一句。

月の詩を李白にならへ酒もまた

上野一孝《いっこう》

杜甫《とほ》と並び称される唐の詩人・李白《りはく》は、月と酒をこよなく愛したといわれています。当然、月を詠んだ詩も数多く、この句の下敷きになっているであろう「月下独酌」もそのなかの一篇。ちなみに「月」は秋の季語となります。

この句の「月の詩を李白にならへ」という措辞は、その詩の系譜《けいふ》に連なりたいという表れであり、読者への呼びかけのようにも解釈できます。「酒もまた」は、李白の無頼の一面であり、詩人の俗をも倣いたいということ。酒の一語が入ることでこの句に諧謔が生まれました。李白を高らかに讃えた一句。

雪はげし抱かれて息のつまりしこと

橋本多佳子

情熱的な一句であり、亡き夫を恋う気持ちが一途にあふれています。激しく雪の降るなか、生前の夫に抱きしめられて息がつまったことがあったという回想ですが、「つまりしこと」の最後の六音、字余りが十七音に収めきれない届かぬ恋情となってこぼれています。

作者は三十八歳のとき夫と死別しましたが、「夫恋へば吾に死ねよと青《あお》葉《ば》木《ず》菟《く》」という、フクロウの声を死へ誘う幻聴のように表現した句も詠んでいます。

しんしんと寒さがたのし歩みゆく

星野立子

この句の弾むような散歩の雰囲気がいいですね。

「寒さ」「寒し」「寒気」「寒冷」といえば、俳句では冬の季語になるのですが、身にこたえる寒さを普通ネガティブに捉えるところを楽しいと感じる子どものような純真な作者の心に惹かれます。

宮崎駿監督『となりのトトロ』のオープニング主題歌「さんぽ」の歌詞にも似た、どんどん歩いてゆくどこか浮き浮きした気持ちも感じられますね。

蕪《かぶら》煮てあした逢ふひといまはるか

高柳克弘

「蕪」は品種が多く、大阪の天王寺蕪や京都の聖護院《しょうごいん》蕪、愛知の尾張蕪など知られていますが、「すずな」ともいって春の七草の一つでもあります。

この句は、普段は遠く離れている人に明日逢えるという思いを胸に、冬の季語である「蕪」を煮ているのです。しかし、明日逢えると決まっていても、今この蕪を煮ている時間は、まだ遥かにいる人です。作者は煮えてゆく蕪を見つめながら、明日逢う人に思いを馳せては今を嚙みしめているのでしょう。

咳の子のなぞなぞ遊びきりもなや

中村汀女

「咳」も「風邪」も空気の一番乾燥している冬季に起こりやすいので、冬の季語となっています。

この句はそんなに重症でない咳をしている子が母親に何度もなぞなぞをせがんで遊んでいる情景です。子どもは一つ夢中になると、そればかり繰り返す傾向がありますが、咳をしながらも、なぞなぞが面白くて仕方がない子どもの様子がよく出ていますね。そうやって甘えてくる子に、「もう、きりがないんだから」と母親は思いつつ、やはり我が子がとても愛おしいのです。

寒《かん》雀《すずめ》身を細うして闘へり

前田普羅《ふら》

冬になると、羽をふくらませてじっとしている雀を見かけることがよくあります。

俳句では「ふくら雀《すずめ》」も「寒雀」も冬の雀のことです。この句の雀は体を細くして、何かと闘っています。仲間同士で闘っているのか寒さそのものと闘っているのか、その対象は省略されていますが、己の生命を振りしぼって生きる小さな生き物の気魄が伝わってきます。

闘う雀を見る作者の眼にも、胸中で何かと葛藤する光が宿っているようです。

クリスマス「君と結婚していたら」

堀井春一郎

かつての恋人とクリスマスに再会したのでしょう。いろいろ思い出話をしているうちに、ふと漏らした「君と結婚していたら」という言葉。どちらかが、もしくはどちらもすでに結婚していて、もう容易には君との結婚は叶わないという状況が思い浮かんできますね。もし「君と結婚していたら」、今頃はああなっているかもしれない、こうなっているかもしれないと夢のような話をしながら、時間が流れてゆくのです。

「クリスマス」はじめ、聖樹《せいじゅ》、聖夜、聖歌、聖菓《せいか》など冬の季語となっています。

水枕ガバリと寒い海がある

西東三鬼《さんき》

この句を読むと、幼いころに熱を出して親に水枕を作ってもらったことを思い出します。今は使い捨てのおでこに貼るひんやりした熱冷ましがあるので便利になりましたね。水枕もだんだんと懐かしいものになりつつあります。

さて、この句の季語は「寒い」で冬。水枕に頭を乗せて動くと、ゴムの枕のなかに入っている水と氷がくぐもった音を立てますね。その音を「ガバリ」というオノマトペで誇張的に表現し、あたかも冬の海が現れたような幻想が広がります。実際、作者は肺結核の高熱のときにこの句を得ました。

永き日のにはとり柵を越えにけり

芝《しば》　不器男《ふきお》

最も日の長いのは夏至の前後ですが、「永き日」が春の季語となっているのは、冬の日の短さがあってこそといえます。

春ののんびりした一日、ニワトリが飼われていた柵を跳び越えたというただそれだけの句です。羽ばたいて柵を越えてゆくニワトリの様子がスローモーションとなって、読み手の眼を過ぎてゆくようですね。

静けさのなかで、柵を越えて外へ飛び出したニワトリの行為に作者の鬱屈した心情が託されているようにも見えます。作者は二十六歳で夭折《ようせつ》。

黒板にDo Your bestぼたん雪

神野《こうの》紗希《さき》

この句を読むと、卒業のことを思い出します。卒業の言葉は一句のなかに使われていませんが、黒板の英語と教室の窓の外に降る春の季語「ぼたん雪」とが、卒業を迎えた様子に懐かしく結びつくからでしょう。

先生が書いたのか生徒が書いたのか、黒板には「Do Your best」の文字。「あなたの最善を尽くしなさい」という真っ直ぐなメッセージが、クラスメートに向けられているのです。英語のリズムも一句に上手く溶けこんでいますね。

ふだん着でふだんの心桃の花

細見綾子

作者の自解に「私はふだん着が一番好ましい。ふだん着を着てふだんの心でいる時、桃の花が咲いていた。」とあります。桃の節句や桃源郷《とうげんきょう》などの特別な「桃の花」のイメージから離れて、作者は春のうららかな日常のなかで自分だけに語りかけてくる「桃の花」を見つけて親しく感じたのでしょう。

この句の「ふだん」のリフレインは、時間に追われる日々が続いたりすると、つい忘れがちな平常心の大切さを思い出させてくれますね。

鶯餅《うぐいすもち》作りし人のキュービズム

後藤比奈夫

二十世紀初頭にフランスで興った絵画運動・キュービズム（キュビズム）は、対象を幾何学的に分解して、画面を再構成するという手法で抽象絵画を推進しました。その代表的な画家といえば、パブロ・ピカソです。日本では立体主義と訳されましたが、この句は菓子職人の作った鶯餅に、キュービズムを見て取ったのです。春の季語「鶯餅」は、青大豆で作った粉をまぶした餅菓子のこと。鶯の羽の色に似ていることからそう名づけられました。

西洋絵画の歴史的変革を「鶯餅」に当てはめたところが面白いですね。

遠足の列大丸の中とおる

田川飛旅子《ひりょし》

こんな光景ってほんとにあったんだろうか？　と思わせる面白い一場面ですね。俳句では「遠足」は春の季語。うららかな春の街を先生に引率されて、やがて大丸デパートのなかを遠足の列がぞろぞろと通り過ぎてゆくのです。

子どもはデパートに入っているお店を見物できて楽しいでしょうが、先生はひやひやでしょう。デパートの店員やお客は呆然と見送っているような、またちょっと微笑んで見守っているような情景も想像できますね。

南《なん》風《ぷう》のおもてをあげてうたふかな

木下夕爾《ゆうじ》

夏の季語「南風」は湿気をともなって吹く、暖かい季節風のことです。梅雨時に吹く南風を「黒南風《くろはえ》」、梅雨明けの後に吹く南風を「白南風《しろはえ》」といいますが、この句は「白南風」の晴やかさを感じさせますね。作者は人影のない砂浜でも歩いているのでしょうか。沖のほうから吹きつけてくる南風を全身に受け、青空へ顔を上げて好きな歌を歌っている姿が眼に浮かんできます。

こちらまで歌い出したくなるような清々しい一句。

天《てん》道《とう》虫《むし》雫のごとく手渡しぬ

野《の》見《み》山《やま》朱《あ》鳥《すか》

天道虫を掌に乗せると、少しこそばゆく感じられますね。ちょこちょこと這い回って、やがて地面に落ちるか飛び立つかしますが、夏の季語である天道虫の飛翔は、幼いころの青空へつながっているような懐かしさがあります。

天道虫を落とさないように、雫のように手渡したという行為は、まさに小さな可愛い天道虫にぴったりです。天道虫を優しく手渡した相手もきっと大切な人なのでしょう。

青嵐《あおあらし》神社があったので拝む

池田澄子

「青嵐」は夏の季語で、青葉のころに吹く強い風のことです。

この句を読んだとき、夏の嵐に鎮守《ちんじゅ》の杜《もり》がいっせいにそよいで鳴っている葉ずれが聞こえてきました。その青葉の音に誘われるように、神社の鳥居をくぐってゆき、当たり前にお参りをしたのです。また、鳥居の前で一礼しただけかもしれません。どちらにしても、「神社があったので拝む」という措辞は、何気ない素直な心からの行為でしょう。

昔から日本人は、自然や自然現象に神を感じてきましたが、この句の「青嵐」にも太古の神が宿っているようです。

せつせつと眼まで濡らして髪洗ふ

野澤節子

髪は日常的に洗いますが、特に夏場はたびたび洗うので「髪洗ふ」は夏の季語となっています。また、季語の本意としては男性でなく、女性が髪を洗うことを指します。

この句は女性が長い髪を丁寧に、何か悲しみに包まれながら洗っているような憂いを感じさせますね。

「せつせつと」に憂愁まで洗い流そうとする心境が見えてきますし、「眼まで濡らして」には、すすぐ水に涙をまぎらしている趣もあります。

美しき距離白鷺《しらさぎ》が蝶に見ゆ

山口誓子

季語は「白鷺」で夏。白鷺が遠くの空を飛んでいたのでしょう。それを眺めていたところ、この距離だと白鷺の羽ばたきが蝶々が舞っているように見えるなと作者は気づいたのです。その距離に、「美しき」という形容詞をつけた感性が光っていますね。眼の錯覚ともいえる遠近感を詩的に利用して、白鷺を蝶に置き換えた眼差しには作者独特の即物的な鋭さがあります。

まるで白鷺が、「美しき距離」を隔てることで蝶に変身したようです。

はっきりしない人ね茄子《なす》投げるわよ

川上弘美

茄子を料理しようとするキッチンでの男女の一コマでしょうか。茄子とは関係のない話をしていて相手がはっきりしなかったのか、それとも茄子をどう料理するかで味噌炒めもいいが焼き茄子もいいなどとはっきりしなかったのか、この句からは豊かな物語がいくらでも生まれてきそうですね。

一句が会話調で「ね」「よ」の助詞が勢いとリズムを作り出しています。茄子は夏の季語ですが、胡瓜《きゅうり》や玉葱《たまねぎ》を投げるわよと言われれば、痛そうだから男は少し腰が引けそうですね。茄子くらいがちょうど可愛い感じ。

万緑や鞄一つが旅の枷《かせ》

村上鞆《とも》彦《ひこ》

伊集院静著『旅行鞄にはなびら』のエッセイのなかで、「旅慣れた人は身軽に映る。」という一文がありますが、この句は旅の鞄一つが枷だと詠んでいます。枷とは足枷、手枷というように刑具であり、自由を奪い束縛するものです。

旅の途上、夏の一面の緑である「万緑」のなか、鞄が邪魔だなと感じた作者の気持ちが、「枷」の言葉に集約されています。非日常を求める旅に、日常に必要な道具を持ち歩かなくてはいけない矛盾にもどこか旅愁が感じられますね。

おまつりに来てつながない手がたくさん

千野帽子

古来「祭」といえば、京都の賀茂祭《かもまつり》（葵祭《あおいまつり》）を指しましたが、今では夏季に行われる祭一般を意味して夏の季語となっています。

この句は賑わしいお祭りのなかで、「手」に焦点がしぼられています。お祭りには、男女のカップルが見られますが、手をつながない人たちがたくさんいるのです。つないでいる手ではなく、つながない手にピントを当てたのがこの句の上手いところ。たくさんある手が字余りでも表現され、ひらがなの多い表記によって、初々しくも甘酸っぱい男女の様子が描かれています。

黄の青の赤の雨傘誰から死ぬ

林田紀音夫《きねお》

雨の日の大通りを見下ろしている死に神の呟きのような一句。

無季俳句でどこか予言めいた雰囲気もありますが、カラフルな雨傘の色を順番に挙げていきながら、さあそれぞれ傘をさしている誰から死ぬのだろうと息を詰めているような不気味さが漂っていますね。

しかし、実際に死は突然訪れてもおかしくないことです。黄の傘の人が数分後に車に轢《ひ》かれる可能性もあるのです。そんな生の裏側にすぐ顔を出しかねない死について、作者は雨傘を通して描いています。

あれを混ぜこれを混ぜ飢餓《きが》食造《しょくつく》る妻天才

橋本夢道《むどう》

昭和二十一年ごろの作とされるこの無季の句は、終戦後の食糧難のなか、妻が少ない食材を一生懸命に工夫して食事を作ったことへの手放しの讃歌といっていいでしょう。でないと、「妻天才」の言葉は出てきませんね。

自由律俳句を作った作者は、とにかく愛妻家。妻を詠んだ句をたくさん残しています。「妻よ五十年吾と面白かったと言いなさい」「馬鹿なことをいう妻を叱らないで黒猫飼っている」「妻よおまえはなぜこんなにかわいんだろうね」。最後の句のデレデレぶりには、読むほうがなんだか恥ずかしくなるくらい。

戦争が廊下の奥に立つてゐた

渡辺白泉《はくせん》

廊下の奥に戦争を見せられたとき、私にはまず深い暗闇が立ち上がってきました。しだいに、闇のなかに戦闘の場面や銃砲《じゅうほう》の音が想像されて、「戦争」という不気味な巨人はじっと動かず佇んでいるのです。

廊下といえば、私は学校を思い出しますが、この句の廊下も大きな建物の奥行きのあるものを感じさせます。日常生活に突如現れる戦争の恐怖を描いたこの句には季語はありません。「銃後《じゅうご》といふ不思議な町を丘で見た」「玉音《ぎょくおん》を理解せし者前に出よ」「赤く青く黄いろく黒く戦死せり」なども同じ作者で無季俳句。

おでん屋のがんもどき似の主かな

又吉直樹

又吉さんは「人間の顔っておもろいですよね」と言っていましたが、確かに人の顔は、個性が際立ち多様に変化するところですよね。「おでん」は冬の季語ですが、この句はそのお店の主人が、「がんもどき」に似ているというのです。あの丸くてしわのよった、味わい深いがんもどきに似たオヤジの顔が、ふっと立ち上がってくる句ですね。切字「かな」で「主だなあ」と詠嘆しているのもこの句の面白さです。がんもどきは、雁の肉に味が似ていることから漢字で書くと「雁擬き」、関西では「飛竜頭」とも呼ばれます。

男来て出口を訊けり大枯野

恩田侑布子

そもそも男はどこから来て、どこへ行こうとしているのか。男が「出口」を訊いた相手とはいったい誰なのか。男は大枯野で何をしていたのか。そして枯野にはほんとうに「出口」があるのだろうか。謎だらけの句ですが、そこにさまざまな妖しげな物語を見出すことができますね。

枯れ果てた冬の野原である枯野という季語そのものが、どこか幻想的な魅惑の広がりを持っています。この大きな枯野には、最初から出口などないのかもしれません。吉行淳之介の短編「出口」の暗澹たる閉塞感を彷彿させます。

花びらを置くここちして福笑ひ

大木あまり

お多福の輪郭が描かれた紙の上に、目隠しをされた人が、目や鼻や口や眉を置いてその顔を完成させる福笑いは、懐かしい遊びになりましたね。

この句は、紙でできたお多福の顔のパーツを「花びら」と捉えたのが、まことに美しいですね。それを「置く」ところまで、花びらのような感触を柔らかく味わっているのです。茶道の初釜のときに、梅や桜に見立てた「花びら餅」を食べたりしますが、そこには春を先取りした目出度《めでた》さがあります。この句にもそんな春を予祝する「ここち」が感じられますね。

見られれば歌うのやめる寒の明け

長嶋　有

誰もいないところで気分がちょっと乗っているときだと、つい鼻歌が出たり声に出して歌ってしまうときがありますね。でも、人の気配や目線を感じた瞬間、その歌をうやむやにフェイドアウトさせて、「歌ってなんかいませんよ」みたいな取り繕った、もしくは澄ました表情を、この句は絶妙に切り取っています。「歌うのやめる」という口語的表現が、さりげなく可笑しいですよね。

春の季語「寒の明け」は新暦二月四日頃で、同じ時期の「立春」の季語を用いなかったのは、歌声をふと止めた寒さを表したかったからでしょう。

水替の鯉を盥《たらい》に山桜

茨木和生

池を掃除するために一度水をすべて抜いてしまって鯉を捕まえ、大きな盥に取り出したのでしょう。盥には一時待機させられた鯉たちが、鰓《えら》をゆっくりぱくぱくさせながら静かにしているのです。

私も熊野本宮にある祖母の家の庭で、こんな光景を見たことがあります。池の表面に付いた苔が洗い落とされて、綺麗な山水に入れ替えられると、そこに放たれた鯉たちも美しく生まれ変わったような鱗の輝きを見せるものです。この句の盥の水には山桜が映えて、鯉の緋や薄墨の鱗と照り合っているようですね。

玉虫が交叉点へとうすれゆく

鴇田《ときた》智哉

東京の九段下で一度だけ玉虫を捕まえたことがあります。目の前に飛んできた光を素手で素早く捕まえてみると、金緑色のつるつるした羽を持った玉虫が掌に美しく輝いていました。興奮しながらそれを地面に放ち、携帯電話で写真を撮ろうとすると、その一瞬の隙をついて、玉虫は飛び立ち道路を燦々《さんさん》と横切っていきました。そのときの光景が、この句にとてもよく似ているのです。

玉虫が「遠ざかる」でも「飛び去る」「消えゆく」でもなく、「うすれゆく」がしっくりきますね。感度の高い色彩的な措辞が光っています。

ぼろぼろの蝶羽つかふ虹のあと

小澤　實

静岡県下田市にある爪木崎《つめきさき》灯台へ向かう海沿いの小道を歩いていると、不意に大きな揚羽蝶が現れました。九月の光を浴びたその翅《はね》は、至るところが破けており、私はその痛々しい黒揚羽の舞いにしばらく見とれていました。滅びてゆく揚羽のいのちの輝きが、無性に愛おしかったのです。

この句にも滅びの美がありますね。「蝶」と「虹」が季重なりで、夏の「虹」を主季語と考えると、この句の「蝶」も揚羽かもしれません。虹が消えたあと、ふっと「ぼろぼろの蝶」が夏の太陽へ飛び立ったのは、何かの予兆のようです。

蛇泳ぐみるみる岸を引き寄せて

中原道夫

蛇が静かに身をくねらせて、水面をするりするりと泳ぐ姿を見たことがある人はこの句の不思議な感覚が、よりリアルに伝わってくるはずです。

本書の冒頭で採り上げた上田五千石の「渡り鳥みるみるわれの小さくなり」のマジックのような反転の仕方と少し似ているのですが、この句も蛇のほうから岸辺に近づいているにもかかわらず、まるで蛇が泳ぐことでぐいぐい「岸を引き寄せて」いるように表現しているのです。その目の錯覚を利用したような表現によって、蛇の泳ぐ様子が妖しく不気味に浮かび上がってきますね。

かぶとむし地球を損なわずに歩く

宇多喜代子

人間が地球の上を歩いたり活動したりすると、この星を損なうことが多々あります。しかし、漢字で書くと勇ましい兜虫ですが、それが地球をいくら歩いたところで何も傷つけることはありません。

兜虫は木をよじ登るときは力強く六つの脚を使いますが、地面を歩くときはむしろ、ひょこひょこと可愛らしく歩を進めますね。

この句は兜虫の優しい歩行を詠みつつ、動けば何かと地球を破壊する人間を遠回しに諷刺しているようです。人間も兜虫を見習って、地球を損なわずに歩きたいものですね。

颱風去り雑兵のごと風残る

小川軽舟

紀州に生まれ育った私は、颱風《たいふう》の威力を間近にすることが多かったのですが、東京に住む今でも秋に颱風がやって来ると、また和歌山に上陸したなとか潮岬《しおのみさき》を通過しているなとか、気に掛けつつ天気予報を見守ります。

ですから、颱風の句も身近に感じるのですが、この句の「雑兵のごと風残る」という比喩に深く頷きました。言外に颱風は大将のいる本陣だとこの句は暗示し、それが去った後には雑兵（身分の低い兵）のような風が残るというのです。颱風が過ぎて居残った風の様子が、合戦のあとの哀れな風情のようですね。

あとがき

俳句に心を開く鍵

これまで俳句を鑑賞した本は何冊も出版されていますが、それらは概ねすでに俳句を作りはじめている人や俳句を本格的に作っている人に向けられた内容になっていると思います。しかし、本書はその段階以前の人でも楽しめる内容を心がけました。つまり、まだ俳句をはじめていない人、また俳句に興味はあるけれど少し後込《しり》みしている人、そんな人たちでも本書を手に取っていただければ、俳句の世界にぽんと無理なく一歩踏み出せるのではないでしょうか。そしてただ楽しめるだけでなく、俳句をやさしく読み解きながら、十七音のなかに眠る奥深い響きを少しでもお読みくださる方に届けられるように書き上げていきました。

俳句は堅苦しくて難しいと思い込んでいる人にとっては、十七音は難解な言葉のかたまりにしか見えないかもしれません。けれども、その一句に凝らされた技巧や季節や時代背景や作者の境遇などを知ることで、俳句の表面を覆っていた硬い殻が剝がれ落ち、にわかに魅力的に輝き出すのです。その輝きとは、十七音の言葉から広がる無限の想像力や物語とも言い換えられるでしょう。その句を解釈しよう、読み解こうとする前に大事なのは、まずその句に自らの心を素直に寄せて、開いてゆくことです。

本書には俳句に心を開く鍵があるはずです。どうぞ探してみてください。

二〇一七年二月

堀本裕樹

対談

又吉直樹
堀本裕樹

■忘れてしまった感覚が呼び覚まされます

——『俳句の図書室』の元となった『十七音の海』には、又吉さんの帯文が載っています。初めて読んだときはどう思われましたか？

又吉　俳句って、初心者にもわかりやすいものと、ルールを理解したらぐっと面白くなるものとがある。『十七音の海』は鑑賞のしかたをわかりやすく解説してくれているので、堀本さんの視点を通して、こういうふうに楽しめばいいのかー！　とリアルに体感することができました。

堀本　僕は俳句の鑑賞をしながら入門書としても読める『十七音の海』を書き、又吉さんがそれを読んでくれて有季定型の俳句に興味を持ってくださった。そして僕が又吉さんにマンツーマンで俳句の講義をする書籍、『芸人と俳人』に繋がっていく。この流れは又吉さんの表現活動の過程に伴走するようで、面白い不思議な感覚でした。俳句に触れたことが、又吉さんの中でいい作用をもたらした感じでしょうか。

又吉　そうですね。

堀本　なにか豊かなものが育っていったのかな、と思っています。

又吉　俳句作る人って、驚くのうまいなーと思うんですよね。僕らが当たり前の風景として素通りするものを見逃さないでしょう。そういう人の句を読むことで、感覚が刺激されます。こいつの見えてる世界どうなってんやろ、と想像することで、自分自身も耳をすましたり、いろんなものの匂いをかいだり、ふだん見いひんとこ見たくなりました。こどものころって、虫おったら近寄って眺めるとか、川の水触って温度確かめるとか、せずにはいられなかったじゃないですか。

堀本　うんうん。

又吉　いろんなことが新鮮だった。でも、だんだん飽きて、大人になると忘れてしまう。

堀本　僕、いまだにね、コメツキムシ見つけたら捕まえて裏返します。この虫は夏の季語ですね。時間がたつと、ぺこーんって跳ね上がるんですよ。それをじーっと待つ。

又吉　それ、あんまふつうのひとやらないですね（笑）。

堀本　ですねえ（笑）。

又吉　俳句を読むと、こどものころに思っていたけれど忘れてしまった感覚が呼び覚まされます。それがどういう言葉で表現されているかを味わう面白さもある。

堀本　又吉さんはもともと、自由律俳句を作っていたわけですよね。せきしろさんと一緒に『カキフライが無いなら来なかった』『まさかジープで来るとは』という本を出されている。

又吉　そうです。自分では面白いと思っているけど、お笑いのライブで話しても伝わらないような出来事を表現する器として、自由律俳句がぴったりだった。「カキフライが無いなら来なかった」という活字から、「なにを文字にしてんねん」「なんでそこやねん」って面白さが生まれる。

堀本　言葉で表現すること自体が、発見につながるんですよね。誰もが思っていたけれどまだ言葉になっていなかったものを提示されたら、「それそれ！」って嬉しくなる。そこが又吉さんの自由律俳句の面白さだし、有季定型にも転換して使えるところでしょうね。

又吉　自由律のときの感覚と定型俳句が持つ底力がうまく結びついたら、なんかできんのかなーとは思うんですけどね。でもやっぱりそうとう難しいです。

堀本　ふつうは自由律から入らないものなんですよ。自由律で有名な種田山頭火も尾崎放哉も、定型を経て自由律に向かっていく。又吉さんは逆だから、アプローチのしかたが特異で面白いです。

又吉　ぼくはまだ表現の途中にいて、まだまだ修行期間ですから。自由律と定型の違いが体でわかっているところもあれば、使い分けきれていないところもある。いろいろ試して模索していきたいですね。

■作ってみたら、世界の見え方が変わった

――俳句鑑賞を続けることによって、俳句を作っていく上での発想も豊かになっていくものでしょうか？

堀本　優れた句をたくさん読むことが、一つの手堅い句作の上達方法だと思います。それも、あ、こういう句があるんだ、で終わるんじゃなくて、一句一句を自分なりに真剣に鑑賞してみる。そういう作業が大事なんです。それからこの俳句が好きだなと思ったら、その俳人の句集を探して読み込んでみるのもいいですね。好きな俳人の句集から入ると、自分で積極的に読み取ろうとするから、自然に力になっていきます。

又吉　うんうん。

堀本　わからない言葉が出てきたら、辞書や歳時記で調べていく。そういうふうにして、読む力を蓄えていくと、その読む力がそのまま句作りの力になっていくんですよね。

又吉　そうですね。

堀本　ぼくは、鑑賞力と俳句を作る力は、ある程度比例しているものだと思っています。

又吉　まったく読んだことないのに天才的な俳句作る人っていうのはいない。

堀本　俳句は「型の文芸」ともいえるし、季語や切字などの共通認識の上で成り立つことが多いですからね。それらを学ぶことが先決です。作りながら学び、読みながら学ぶ。

――鑑賞力はどうやったら鍛えられますか？

堀本　僕は俳句結社「河」の編集長をやっていましたから、俳句を読む機会も多く、鑑賞文もたくさん書きました。朝日新聞の「俳句時評」執筆も力になりましたね。頭をフル回転させて句の内側を読み取り、それをどんな言葉にしたら人に伝えられるのか考えて工夫する。それが自身の鑑賞力になっていきます。句会でも鍛えられましたね。その場で句を読んで、選句し、句評するわけですからね。

又吉　さきほど、読むことで作る力が育つというお話をされてましたけど、逆に、作ることが読むことに役立つこともありますよね。今回、改めて『俳句の図書室』を読んだら、五年前に『十七音の海』を読んだときと見え方が変わったんですよ。

堀本　ほう、そうなんですね。

又吉　初読のときは、まだ、俳人というのは完成された技を持つ特殊な人たちだと思っていました。でも、実際に句作を体験してみて、「人間が俳句を作る」という営みのことを知った。できて当たり前のことじゃなかったんだってわかったら、畏怖の念がさらに湧いてきました。

堀本　それはなんだかうれしいですね。

又吉　作ってみるのは大事かもなー。『芸人と俳人』でも、最初は、俳句作れないから嫌ですって言ってたんですけど（笑）。

堀本　怖がってましたからね（笑）。たしかに、作ってみると、俳句を内部から覗くことになる。外側から見ていた言葉の連なり、十七音の一音一音を、内側から見ることができる。

又吉　小説もそうやった。以前は、本を読んでいるとき、途中から自分のなかにばっと作品が入ってきて、小説と自分の距離がゼロになる感覚でした。ある日、小説けっこう読んだし自分でも書けるかもーと原稿用紙買ってきて書こうとしたら、むっずう！　ってなって。みんなどうやって書いてたっけ、と太宰や芥川を開いて、なんだこの入り方、すげえってなりました。一回書いたら、もうその瞬間に世界が変わった。一行目から面白くなった。

堀本　なるほど。

又吉　で、二度と小説なんて書こうと思わんとこって決めました（笑）。

堀本　最初に又吉さんにお会いして飲んだときは、まだそのスタンスでしたよね。

又吉　そうですね。小説を書くのは無理ですって言ってましたね。

堀本　ねえ。でも、それから書きましたからね、『火花』。

又吉　書きましたねえ。難しいですけどね。かんたんに書けるもんじゃないですね。

堀本　僕も、俳句難しいですよ。一生悩み続けるもんやと思うし。

——最後に、俳句に興味のある若い人へのメッセージをお願いします。

堀本　この本には俳句の鑑賞文が書いてありますが、これはあくまで発想の一例です。鑑賞文を読んだあとに自分なりの解釈を考えてみるのもいいし、先に自分で考えてみてから、僕の鑑賞文を読んで、こういう読み方もあるのか、とか、こういう来歴の人が作ったんだな、とか感じてもらってもいいと思います。

又吉　僕は堀本さんから季語の大切さを教わったので、句のなかの季語を探して、歳時記を引いてみるのをおすすめします。その句の世界がぐんと広がります。

堀本　歳時記を持っていない場合は、ネットで検索してみてください。その季語を使った例句や季語になっている植物・動物の画像なんかも出てきますから、よりイメージが湧きますよ。

（構成　与儀明子）

主要参考文献

『新編　俳句の解釈と鑑賞事典』――尾形仂編　笠間書院
『名句鑑賞辞典』――飯田龍太・稲畑汀子・森澄雄編　角川書店
宇多喜代子『わたしの名句ノート　読み直す俳句』――富士見書房
鷹羽狩行『名句を作った人々』――富士見書房
黒田杏子『俳句と出会う』――小学館
行方克巳、西村和子『名句鑑賞読本　茜の巻』――角川学芸出版
行方克巳、西村和子『名句鑑賞読本　藍の巻』――角川学芸出版
山本健吉『現代俳句』――角川文庫
山本健吉『俳句鑑賞歳時記』――角川ソフィア文庫
山本健吉『基本季語五〇〇選』――講談社学術文庫
川口久雄『和漢朗詠集』――講談社学術文庫
『合本現代俳句歳時記』――角川春樹編　角川春樹事務所
『合本俳句歳時記　第三版』――角川書店編　角川書店
村上護『きょうの一句　名句・秀句365日』――新潮社
『秀句三五〇選4　愛』――山本洋子編　蝸牛社
『秀句三五〇選5　生』――石寒太編　蝸牛社
『セレクション俳人　プラス　新撰21』――筑紫磐井・対馬康子・高山れおな編　邑書林
藤田湘子『新実作俳句入門』――立風書房
榎本好宏『俳句入門』――池田書店
榎本好宏『季語語源成り立ち辞典』――平凡社
小島健『いまさら聞けない俳句の基本　Q&A』――飯塚書店
『俳句実作の基礎用語』――「俳句研究」編集部編　富士見書房
『俳句用語の基礎知識』――村山古郷＋山下一海編　角川選書

本書は二〇一二年四月『十七音の海　俳句という詩にめぐり逢う』として
株式会社カンゼンより刊行された書籍に加筆し文庫化したものです。

俳《はい》句《く》の図《と》書《しよ》室《しつ》

堀《ほり》本《もと》裕《ゆう》樹《き》

平成29年 4月25日　初版発行
令和6年 12月10日　5版発行

発行者●山下直久

発行●株式会社KADOKAWA
〒102-8177　東京都千代田区富士見2-13-3
電話　0570-002-301（ナビダイヤル）

角川文庫 20293

印刷所●株式会社KADOKAWA
製本所●株式会社KADOKAWA

表紙画●和田三造

ISBN978-4-04-104934-1　C0195

◆◇◇

角川文庫発刊に際して

角川源義

第二次世界大戦の敗北は、軍事力の敗北であった以上に、私たちの若い文化力の敗退であった。私たちの文化が戦争に対して如何に無力であり、単なるあだ花に過ぎなかったかを、私たちは身を以て体験し痛感した。西洋近代文化の摂取にとって、明治以後八十年の歳月は決して短かすぎたとは言えない。にもかかわらず、近代文化の伝統を確立し、自由な批判と柔軟な良識に富む文化層として自らを形成することに私たちは失敗して来た。そしてこれは、各層への文化の普及滲透を任務とする出版人の責任でもあった。

一九四五年以来、私たちは再び振出しに戻り、第一歩から踏み出すことを余儀なくされた。これは大きな不幸ではあるが、反面、これまでの混沌・未熟・歪曲の中にあった我が国の文化に秩序と確たる基礎を齎らすためには絶好の機会でもある。角川書店は、このような祖国の文化的危機にあたり、微力をも顧みず再建の礎石たるべき抱負と決意とをもって出発したが、ここに創立以来の念願を果すべく角川文庫を発刊する。これまで刊行されたあらゆる全集叢書文庫類の長所と短所とを検討し、古今東西の不朽の典籍を、良心的編集のもとに、廉価に、そして書架にふさわしい美本として、多くのひとびとに提供しようとする。しかし私たちは徒らに百科全書的な知識のジレッタントを作ることを目的とせず、あくまで祖国の文化に秩序と再建への道を示し、この文庫を角川書店の栄ある事業として、今後永久に継続発展せしめ、学芸と教養との殿堂として大成せんことを期したい。多くの読書子の愛情ある忠言と支持とによって、この希望と抱負とを完遂せしめられんことを願う。

一九四九年五月三日

角川文庫ベストセラー

羅生門・鼻・芋粥
芥川龍之介

荒廃した平安京の羅生門で、死人の髪の毛を抜く老婆の姿に、下人は自分の生き延びる道を見つける。表題作「羅生門」をはじめ、初期の作品を中心に計18編。芥川文学の原点を示す、繊細で濃密な短編集。

富士山
編／千野帽子

川端康成、太宰治、新田次郎、尾崎一雄、山下清、井伏鱒二、夏目漱石、永井荷風、岡本かの子、若山牧水、森見登美彦など、古今の作家が秀峰富士を描いた小説、紀行、エッセイを一堂に集めました。

夏休み
編／千野帽子

灼熱の太陽の下の解放感。プール、甲子園、田舎暮らし、ほのかな恋。江國香織、辻まこと、佐伯一麦、藤野可織、片岡義男、三木卓、堀辰雄、小川洋子、万城目学、角田光代、秋元康が描く、名作短篇集。

オリンピック
編／千野帽子

観戦記から近未来SFまで。スポーツの祭典、オリンピックにまつわる文学を集めたアンソロジー。三島由紀夫、沢木耕太郎、田中英光、小川洋子、筒井康隆、グルニエ、山際淳司、アイリアノス、中野好夫を収録。

言葉の流星群
池澤夏樹

残された膨大なテクストを丁寧に、透徹した目で読み進むうちに見えてくる賢治の生の姿。突然のヨーロッパ志向、仏教的な自己犠牲など、わかりにくいとされる賢治の詩を、詩人の目で読み解く。

角川文庫ベストセラー

詩集　夏の森
銀色夏生

全国各地の風景を、心の赴くままに写真に収め、感じるままに言葉を紡ぐ。銀色夏生がふとした瞬間を切り取った写真と詩は、我々の本能に直接囁きかける。魂の自由を味わえる写真詩集。

谷川俊太郎詩集Ⅰ　空の青さをみつめていると
谷川俊太郎

二十一歳のときの第一詩集『二〇億光年の孤独』をはじめ三十三歳の週刊朝日連載の時事・諷刺詩まで、主要作品を年代順に自選形式で網羅。宇宙的なものへ、社会的なものへ、前進的で活動的作品である。

ジョゼと虎と魚たち
田辺聖子

車椅子がないと動けない人形のようなジョゼと、管理人の恒夫。どこかあやうく、不思議にエロティックな関係を描く表題作のほか、さまざまな愛と別れを描いた短篇八篇を収録した、珠玉の作品集。

中原中也詩集　山羊の歌
編／佐々木幹郎

一九三四年に刊行された処女詩集『山羊の歌』全編と、15歳の時の合同歌集『末黒野』収録の全短歌を採録。また、同時期の詩歌の中から代表作を精選し、中原中也が詩壇に登場するまでの創作の全貌に迫る。

中原中也詩集　在りし日の歌
編／佐々木幹郎

旺盛な活動を続ける中での愛児との突然の別れ。「亡き児文也の霊に捧ぐ」という言葉とともに中原が最後に編集した詩集『在りし日の歌』全編と同時期の代表作を精選。詩人最晩年の活動のすべてを示す。

角川文庫ベストセラー

短歌ください　穂村　弘

本の情報誌「ダ・ヴィンチ」の投稿企画「短歌ください」に寄せられた短歌から、人気歌人・穂村弘が傑作を選出。鮮やかな講評が短歌それぞれの魅力を一層際立たせる。言葉の不思議に触れる実践的短歌入門書。

乙女の日本史　堀江宏樹　滝乃みわこ

日本は元々肉食女子×草食男子の国!?　額田王にみる不倫哲学、ヤンキーだらけの平安貴族、「お兄ちゃん大好き」弟義経の涙、「婚期を逃した女」茶々のいばら道。ゴシップ満載で日本史がより面白くなる!

新編　宮沢賢治詩集　編／中村　稔

亡くなった妹トシを悼む慟哭を綴った「永訣の朝」。自然の中で懊悩し、信仰と修羅にひき裂かれた賢治のほとばしる絶唱。名詩集『春と修羅』の他、ノート、手帳に書き留められた膨大な詩を厳選収録。

俳句鑑賞歳時記　山本健吉

著者が四〇年にわたって鑑賞してきた古今の名句から約七〇〇句を厳選し、歳時記の季語の配列順に並べなおした。深い教養に裏付けられた平明で魅力的な鑑賞と批評は、初心者にも俳句の魅力を存分に解き明かす。

俳句とは何か　山本健吉

俳句の特性を明快に示した画期的な俳句の本質論「挨拶と滑稽」や「写生について」「子規と虚子」など、著者の代表的な俳論と俳句随筆を収録。初心者・ベテランを問わず、実作者が知りたい本質を率直に語る。

角川文庫ベストセラー